हिंदू

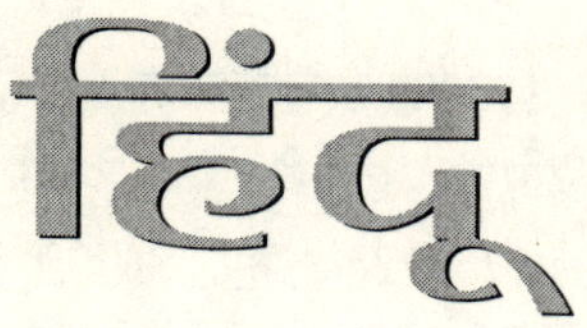

मैथिलीशरण गुप्त

संचयन

डॉ. वैभव गुप्त

प्रो. पुनीत बिसारिया

प्रकाशक

प्रभात प्रकाशन प्रा. लि.

4/19 आसफ अली रोड, नई दिल्ली-110002

फोन : 011-23289777 • हेल्पलाइन नं. : 7827007777

इ-मेल : prabhatbooks@gmail.com ❖ वेब ठिकाना : www.prabhatbooks.com

संस्करण

2024 (प्र.प्र. द्वारा प्रथम)

पेपरबैक मूल्य

चार सौ रुपए

मुद्रक

आर-टेक ऑफसेट प्रिंटर्स, दिल्ली

HINDU

Poems by Maithili Sharan Gupt

Published by **PRABHAT PRAKASHAN PVT. LTD.**

4/19 Asaf Ali Road, New Delhi-110002

ISBN 978-93-90372-65-2

₹ 400.00 (PB)

शुभाशंसा

राष्ट्रकवि मैथिलीशरण गुप्त सार्वजनीन कवि हैं। उनका रचनाकर्म युगीन अवरोधकों में बँधा नहीं है, बल्कि यह प्रत्येक युग में प्रासंगिक है। वास्तव में राष्ट्रकवि की प्रत्येक काव्य कृति भारत ही नहीं, वरन् विश्व के प्राणिमात्र के लिए पथ-प्रदर्शक है। गुप्तजी ने अपनी रचनाओं में आम जन को प्रबोधन देने का कार्य किया है। फलस्वरूप उनकी कृतियों में स्त्रियों, पुरुषों, बालकों, सभी के लिए जीवन जीने की प्रेरणा विद्यमान है।

'भारत भारती' के माध्यम से वे अंग्रेज शासन में सुषुप्त तरुणाई को जगाने का काम करते हैं। अन्य ग्रंथों में वे इसी प्रकार समस्त धर्म, पंथ और संप्रदाय के लिए प्रेरणास्पद संदेश संप्रेषित करते हैं। उदाहरणार्थ—गुप्तजी ने 'साकेत' में अपने आराध्य प्रभु श्रीराम के चरित्र का बखान किया है, वहीं 'गुरुकुल' तथा 'गुरु तेग बहादुर' में सिक्ख गुरुओं, 'यशोधरा' में महात्मा बुद्ध तो 'काबा और कर्बला' में हजरत मुहम्मद साहब के जीवनवृत्त को आमजन के सामने लाने का कार्य किया है।

कहा जाता है कि 'जहाँ न पहुँचे रवि, वहाँ पहुँचे कवि', इसे सार्थक करते हुए उन्होंने भारतीय साहित्य एवं संस्कृति के उन गौरवशाली पृष्ठों के आख्यानों को अपने साहित्य का उपजीव्य बनाया, जिनकी पराधीन भारत में उनके काल में भी आवश्यकता थी और आज भी जिनकी प्रासंगिकता कम नहीं हुई है। ऐसी ही सन् 1927 में प्रकाशित उनकी काव्य कृति 'हिंदू' है, जो आज भी विश्व के सनातनी आस्थावानों के लिए पथ-प्रदर्शक का कार्य सकती है, किंतु इस ग्रंथ के अनुपलब्ध हो जाने के कारण साहित्य-जगत् इस महत्त्वपूर्ण कृति से लंबे समय से वंचित था।

हर्ष का विषय है कि राष्ट्रकवि मैथिलीशरण गुप्त के सुयोग्य पौत्र डॉ. वैभव गुप्त ने प्रख्यात लेखक और समीक्षक एवं बुंदेलखंड विश्वविद्यालय, झाँसी के हिंदी विभाग के आचार्य और विभागाध्यक्ष प्रो. पुनीत बिसारिया के साथ मिलकर इस अमूल्य कृति के प्रकाशन का महती दायित्व निर्वहन किया है। वर्तमान समाज में जब हिंदू धर्म पर चतुर्दिक् आक्रमण हो रहे हैं, तब ऐसे में राष्ट्रकवि प्रणीत 'हिंदू' काव्य कृति की प्रासंगिकता और भी बढ़ जाती है।

मैं 'हिंदू' के पुनः प्रकाशन के 'वैभव' पूर्ण एवं 'पुनीत' प्रकाशन की 'प्रभात' वेला पर संपादकद्वय डॉ. वैभव गुप्त तथा प्रो. पुनीत बिसारिया को बधाई देता हूँ और आशा करता हूँ कि साहित्य जगत् में इस कृति के पुनर्प्रकाशन से इस ग्रंथ में वर्णित प्रश्नों पर पुनः चर्चा प्रारंभ होगी।

पुनश्च शुभकामनाओं के साथ,

—रमेश पोखरियाल 'निशंक'
पूर्व शिक्षा मंत्री, भारत सरकार

दिनांक : 23/10/2022

सनातन संस्कृति की अप्रतिम कृति है 'हिंदू'

राष्ट्रकवि मैथिलीशरण गुप्त आधुनिक हिंदी साहित्याकाश के ऐसे अप्रतिम स्वर हैं, जिन्होंने अपनी रचनाओं से साहित्य, समाज और संस्कृति, तीनों को गहराई से प्रभावित किया है। उनकी रचनाओं में मनुष्यता, स्वतंत्रता की अभीप्सा, प्रखर रामभक्ति, स्त्री सशक्तीकरण और सांस्कृतिक ताने-बाने को सहेजने की ललक दिखाई देती है। वे अपनी कविताओं में एक साथ अनेक विषयों को संबोधित करते दृष्टिगत होते हैं। उदाहरणार्थ, जिस प्रकार 'भारत-भारती' में वे अतीत के गौरव गान के साथ-साथ वर्तमान की चिंता और युवाओं से भविष्य को स्वर्णिम दिशा में ले जाने की अपील करते हैं, वैसे ही 'साकेत' में वे रामभक्ति की भावना के साथ उर्मिला के बहाने से स्त्री सशक्तीकरण की चर्चा करते दिखाई देते हैं। इसी प्रकार अन्य काव्य कृतियों में भी हमें उनकी यही दृष्टि दिखाई देती है।

कविकुल शिरोमणि मैथिलीशरण गुप्त ने हिंदुओं की दुरवस्था से क्षुब्ध होकर सन् 1927 में 'हिंदू' शीर्षक से काव्य ग्रंथ लिखा था, जो तत्समय की राजनैतिक तुष्टीकरण की दुरभिसंधि के कारण और स्वाधीनता-प्राप्ति के उपरांत भी यही क्रम जारी रहने के कारण अधिक चर्चित नहीं हो सका था।

इस ग्रंथ की भूमिका में गुप्तजी इस ग्रंथ की रचना के औचित्य की चर्चा करते हुए लिखते हैं—

"हमने 'अहिंसा परमो धर्मः' धारण करके अपनी दिग्विजय से हाथ खींच लिये, परंतु दूसरों ने हम पर आक्रमण करना न छोड़ा। हम किसी की हिंसा नहीं करना चाहते, परंतु हमारी भी तो कोई हत्या न करे। तथापि हुआ यही। हमारी अतिरिक्त करुणा ने हमें दूसरों के समक्ष दुर्बल बना दिया। हमने

हथियार रखकर उठने-बैठने का स्थान धीरे-धीरे झाड़ देने के लिए एक प्रकार की मृदुल मार्जनी धारण कर ली, जिसमें कोई जीव हमारे नीचे न दब जाए, परंतु दूसरों ने हथियार न रखे और स्वयं हम ही दबा लिये गए। हमारी गोरक्षा की अति ने विपक्षियों की सेना के सामने गायों को खड़ा देखकर शस्त्र-संधान करना स्वीकार न किया, परंतु इससे न गायों की रक्षा हुई और न हमारी, जो उसके रक्षक थे। विधर्मियों ने गाँव के एकमात्र कुएँ में थूक दिया, बस वह गाँव ही अहिंदू हो गया।"

यह एक ऐसा कटु सत्य है, जिसे राष्ट्रकवि मैथिलीशरण गुप्तजी आज से लगभग सौ साल पहले देख चुके थे और इसका परिमार्जन करने हेतु एक कवि के रूप में कविकर्म का निर्वाह करते हुए उन्होंने 'हिंदू' जैसा काव्य ग्रंथ लिखा। इस ग्रंथ में उन्होंने पृथक्-पृथक् कविताओं के माध्यम से हिंदुओं को प्रबोधन देने का कार्य किया।

ग्रंथ के मंगलाचरण में हिंदुओं हेतु ईश्वर से प्रार्थना करते हुए लिखते हैं—

सिद्ध गणेश करो हे हिंदू,
शक्ति साधना शिव की प्राप्ति
जागो तुम पौरस्य सौर शुचि
तुममें पुरुषोत्तम की व्याप्ति।

संग्रह की पहली कविता 'विस्मृति' में वे हिंदुओं की दुरवस्था को प्रश्नांकित करते हुए कहते हैं—

हे हिंदू! तुम क्यों हो हीन?
क्यों हो दलित? दुःखी अति दीन?
क्यों तुम हो यों आज हताश?
क्यों यह पराधीनता पाश?
होकर ऋषियों की संतान,
सहते हो क्यों तुम अपमान?
अपने को भूले हो आप,
पाते हो सौ-सौ संताप।

तत्पश्चात् आगे की कविताओं में वे हिंदुओं को उनके गौरवशाली अतीत का स्मरण कराते हुए लिखते हैं—

था वह किन घावों का दाह,
जिससे जला सिकंदर शाह?
पूरी हुई न मन की चाह,
ली घर की, यमपुर की राह।
चढ़कर आया था यूनान,
लौट गया कर कन्यादान।
बाँध आर्य विक्रम का तूण,
तुमने ही जीते शक हूण।

तत्पश्चात् वे भारतीय सनातनी सभ्यता की महानता का बखान करते हुए कहते हैं—

प्राण प्रतिष्ठा सी सब ओर
की तुमने इससे उस छोर।
करके जगती का आह्वान
गाया अनुपम वैदिक गान।
देकर सबको प्रथम प्रकाश
किया सभ्यता का सुविकास।
सुना-सुनाकर शास्त्र पुराण
किया सदा सबका कल्याण।

तदुपरांत गुप्तजी हिंदुओं की अवनति के कारणों की पड़ताल करते हुए पहला कारण परस्पर द्वेष को बताते हुए लिखते हैं—

औरों से मिल-मिलकर मंद,
बनकर अमीचंद जयचंद,
किया हमीं ने अपना नाश,
पहना पराधीनता पाश।

दूसरे कारण के रूप में वे जातीयता को स्वीकार करते हैं और कहते

हैं कि जातीय श्रेष्ठता के दंभ से बाहर आकर 'हिंदूपन' को बचाना आज के समय की महती आवश्यकता है, जो आज इक्कीसवीं सदी में भी उतनी ही प्रासंगिक है—

करो बंधु गण करो विचार,
किस प्रकार हो अब उद्धार?
सबकुछ गया, जाय बस एक।
रखो हिंदूपन की टेक।
ऐसा है वह कौन विवेक,
करता हो जो हमको एक?
और बढ़ा सकता हो मान?
केवल हिंदू-हिंदुस्तान।

इसके बाद राष्ट्रकवि मैथिलीशरण गुप्तजी विभिन्न सनातनी पर्वों की चर्चा करते हुए प्रत्येक पर्व को हिंदू एकीकरण की पुनीत सदेच्छा से जोड़ते हैं। 'जन्माष्टमी' शीर्षक से लिखी एक कविता में वे कहते हैं—

आवे कृष्ण जन्म की रात,
जागे हिंदू प्रभा प्रभात।
छवि की पूर्ण छटा छा जाय,
सुंदर श्याम घटा छा जाय।

तत्पश्चात् वे तरुणाई का आह्वान करते हैं कि तुम उठकर हिंदुत्व की प्राण प्रतिष्ठा करने हेतु आगे बढ़ो, क्योंकि तुम्हीं पर हम आशा भरी दृष्टि से देख रहे हैं—

हिंदू युवक उठो तुम आज,
रखो निज समाज की लाज।
हो तुम पर विभु की वर वृष्टि,
जगी तुम्हीं पर आशा दृष्टि।

× × ×

जागे हिंदू में हिंदुत्व,
यही सिंधु का है बिंदुत्व।
क्षेत्र बना है, बो दो बीज,
कभी न होगी उसकी छीज।

तत्पश्चात् वे हिंदुओं से आग्रह करते हैं कि उन्हें ग्राम सुधार, स्वदेश चिंतन, ऊँच-नीच से मुक्ति, पक्षपात से मुक्ति, अपनों के अपमान से बचना, विजातीय लोगों का हिंदू धर्म में मुक्त हृदय से स्वागत करना, स्वावलंबन, कृषि सुधार, हिंदू साहित्य का आम जन में अधिकाधिक प्रचार-प्रसार, आततायियों का विनाश एवं आत्म रक्षा, साधु-संतों का सम्मान, सांगठनिक एकता, माया-मोह से मुक्ति, संतानविहीन होने पर गोद लेकर आगे बढ़ना, मितव्ययी होना, अतीत की भूलों का सुधार करना, रूढ़ियों से मुक्त होना, शास्त्रों का ज्ञान प्राप्त करना, आत्मबल पर विश्वास रखना, आत्मगौरव पर अभिमान करना, अपनी संस्कृति की श्रेष्ठता पर गर्व करना आदि कदम उठाने होंगे।

गुप्तजी इसके पश्चात् अंग्रेजों से आग्रह करते हुए कहते हैं कि यदि वे वास्तव में योग्य और उदार हैं तो उन्हें तुरंत भारत को स्वतंत्र कर देना चाहिए। ध्यान रहे, यह बात गुप्तजी सन् 1927 में अर्थात् स्वतंत्रता-प्राप्ति से बीस वर्ष पहले कह रहे थे—

सुनें प्रथम, शासक अंग्रेज,
जो कहने करने में तेज।
यदि तुम सचमुच योग्य उदार,
तो पावें हम निज अधिकार।
अब भी यदि अयोग्य हम लोग,
तो असाध्य तुमसे यह रोग,
और दूर से तुम्हें प्रणाम,
रहे हमारा रक्षक राम।

गुप्तजी हिंदुओं के साथ-साथ पारसियों, मुसलमानों और ईसाइयों से भी बात करते हैं और उन्हें भी प्रबोधन देते हुए सर्वप्रथम वे पारसियों से आग्रह

करते हैं कि हमारे वेद और तुम्हारा अवेस्ता ही दुनिया के प्राचीनतम ग्रंथ हैं और हमने पूर्व में भी तुम्हारे प्राणों की रक्षा की थी और आगे भी करते रहेंगे—

इष्ट हमें हैं वे ही प्राण,
जो कर सकें तुम्हारा त्राण।
तजकर जब तुम अपना स्थान,
भग आए थे हिंदुस्तान।
अब क्या वह साहस, वह शक्ति,
दे सकती है तुम्हें विरक्ति,
करते हैं हम जीवन याग,
जीती रहे तुम्हारी आग।

मुसलमानों को संबोधित करते हुए गुप्तजी उनसे कहते हैं कि उन्हें हिंदुस्तान में प्रेमपूर्वक मिल-जुलकर रहना चाहिए। वे कहते हैं—

मुसलमान भाई हो शांत,
सोचो तनिक तुम्हीं एकांत।
तुम निज हेतु करो सब कर्म,
और छोड़ दें हम निज धर्म?

× × ×

डालो अपने ऊपर दृष्टि,
तुम अधिकांश यहीं की सृष्टि।
तुम हिंदू हो धार विधर्म,
भूल गए हो निज कुल कर्म।

× × ×

कोई काफिर कोई म्लेच्छ,
हो तो होता रहे यथेच्छ।
हिंदू-मुसलमान की प्रीति,
मेटे मातृभूमि की भीति।

गुप्तजी ईसाइयों से कहते हैं कि यह वही भारत देश है, जहाँ ईसा

मसीह को उपदेश प्राप्त हुए थे, इसको पराधीन बनाकर आप अधर्म कर रहे हैं। इसलिए यहाँ के लोगों को उनका अधिकार न देकर आप न तो घर के रहेंगे और न घाट के, इसलिए हर्षित होकर इस महान् भारतभूमि को उसका अधिकार देना ही आपके लिए उचित होगा—

देख कहीं औरों की बाट
खो दो तुम घर और न घाट।
बंधु यही वह भारत शिष्ट,
हुए जहाँ ईसा उपदिष्ट।
पावे फिर वह निज अधिकार,
इसी हेतु हम हैं तैयार।
हर्षित हो, हम हैं सन्निद्ध,
हो जो तुम भी कटिबद्ध।

और अंततः गुप्तजी कहते हैं कि हिंदुओं को अपना भरोसा स्वयं करना होगा, तभी वे दुरवस्था से मुक्ति प्राप्त कर सकते हैं—

उठो, आज फिर दृढ़ता धार,
रख अपने ऊपर निज भार।
तभी सुनेगा फिर संसार,
सभी तुम्हारे उच्च विचार।
× × ×
अपने को पहचानो आर्य,
मूल मंत्र यह मानो आर्य।
नहीं कहीं बाहर निज सिद्धि,
आत्मानं-स्वात्मानं विद्धि।

स्पष्ट है कि राष्ट्रकवि मैथिलीशरण गुप्त विरचित 'हिंदू' ग्रंथ एक कालजयी कृति है, जो अतीत की उपेक्षा की धूल में कहीं परिदृश्य से विमुख हो गई थी और अनेक वर्षों से इस अमूल्य कृति की चर्चा नहीं हो पा रही थी। विगत कुछ वर्षों में जिस प्रकार मजहबी कट्टरता बढ़ी है और विधर्मियों द्वारा

हिंदुओं के धर्मांतरण की घटनाओं में तेजी आई है, ऐसे में इस महान् कृति की उपादेयता और अधिक बढ़ जाती है। यही नहीं, वरन् भारतभूमि के अतीत पर गर्व करने तथा भारतवर्ष को पुनः विश्वगुरु बनाने के पथ पर ले जाने में गुप्तजी के कवित्वमय आग्रह निस्संदेह प्रकाश स्तंभ का कार्य करेंगे, ऐसा हमारा विश्वास है।

ज्योतिपर्व दीपावली

रविवार, 23 अक्तूबर, 2022

—डॉ. वैभव गुप्त

—प्रो. पुनीत बिसारिया

भूमिका

क्रम विकास के अनुसार उन्नति करता हुआ कवित्व आजकल स्वर्गीय हो उठा है। अपनी लक्ष्य-सिद्धि के लिए वह जो विचित्र चाप चढ़ाने जा रहा है, हमें भी कभी-कभी, मेघों के कंधों पर चढ़कर वह अपनी झाँकी दिखा जाता है। उसे उठाने के लिए जिस सूक्ष्मता, विशालता अथवा स्वर्गीयता की आवश्यकता होगी, कहते हैं, कवित्व उसी की साधना में लगा हुआ है। हम हृदय से उसकी सफलता चाहते हैं।

उसका लक्ष्य क्या है ? हमें जब वही नहीं दिखाई देता, तब उसके लक्ष्य की चर्चा ही क्या ?--

सम्मुख चंद्र-चकोर, सम्मुख मेघ-मयूर,
वह इतना ऊँचा उठा, गया दृष्टि से दूर!

परंतु सुनते हैं, वह लक्ष्य है—'सुंदरम्' और केवल 'सुंदरम्'। 'सत्यम्' और 'शिवम्' उसके पहले की बातें हैं! कवित्व के लिए अलग से उनकी साधना करने की आवश्यकता नहीं, औरों के लिये हो तो हो ? फूल में ही तो मूल के रस की परिणति है, फल तो उपलक्ष्य मात्र है।

कला में उपयोगिता के पक्षपातियों से कहा जाता है कि सच्चे सौंदर्य का विकास होने पर अशोभन के लिए अवकाश ही नहीं रहता, उसकी अनुभूति से मन में जो आनंद की उत्पत्ति होती है, उसमें विकार कहाँ ? अपवाद तो सभी विषयों में पाए जाते हैं, परंतु फूलों में स्वभावतः सुगंधि ही होती है, (दुर्गंधि) नहीं। ठीक है, परंतु सब 'फूल सूँघकर' ही नहीं रह सकते और यह भी तो परीक्षित हो जाना चाहिए कि कहीं फूलों में तक्षक नाग तो नहीं छिपा बैठा है। अनंत सौंदर्य के आधार श्रीराधाकृष्ण की सौंदर्य-सुमन-राशि में भी जब हमारे

प्रमाद से उसका प्रवेश संभव हो गया, तब औरों की बात ही क्या?

फूल उठ आनंद से हे फूल,
निज नवल दल-दोल पर तू झूल,
धन्य मंगल मूल तेरा मूल,
तदपि फल की बात भी मत भूल।
चढ़ सुरों पर तू उन्हीं के योग्य,
किंतु भव में फल सकल जन-भोग्य।

कवित्व फिर भी निष्काम है। संभवतः वह स्वयं एक सुफल है, इसी से उसे किसी फल की अपेक्षा नहीं। निस्संदेह बड़ी ऊँची भावना है। भगवान् से प्रार्थना है कि वह हम लोगों को भी इतना ऊँचा कर दे कि हम भी उसका अनुभव कर सकें। कदाचित् इसी भावना ने कवित्व को स्वर्गीय होने में सहायता दी है। परमार्थ के पीछे उसने स्वार्थ का सर्वथा परित्याग कर दिया है। इसलिए वह न तो देश से आबद्ध है, न काल से। सार्वदेशिक और सार्वकालिक हो गया है लेखक उसके ऊपर अपने आपको निछावर कर सकता है, परंतु वह आकाश में है और यह पृथ्वी पर! ऐसी दशा में उसे भक्तिभाव से प्रणाम करके ही संतोष करना पड़ेगा।

कवित्व की यह उदारता अथवा सार्वभौमिकता बड़ी ही प्यारी लगती है। 'वसुधैव कुटुम्बकम्' अपनी ही तो बात है, परंतु हाय!

व्यर्थ विश्व-मैत्री की बात,
आज दीन-दुर्बल तुम तात!
यह औदार्य नहीं उपहास!!
तुम्हें जानते हैं सब दास!!!

जो हो, हमें कवित्व की क्षमता पर विश्वास है। आज भी वह निराकारों को आकार और निर्जीवों को जीवन दान कर रहा है। 'सुंदरम्' की प्राप्ति के लिए वह नए-नए पंथों का, नई-नई गतियों का, अथवा नए-नए पदों का आविष्कार कर रहा है। हम तो उनके साधन पर ही मुग्ध हो गए, साध्य न जाने कैसा होगा? परंतु सुना है कि उसका निर्माण निष्काम है। जो हो, और तो

सब ठीक है, परंतु एक कठिनाई है, वह यह कि सार्वदेशिक होने पर भी वह एकदेशीय रसिकों के ही उपयोग के योग्य रह जाता है।

एक बात और है। सोने का पानी चढ़ा देने से ही सब पदार्थ सोने के नहीं हो जाते। कभी-कभी उनकी चमक-दमक असल से भी कुछ अधिक दिखाई देती है, परंतु 'निर्घर्षणच्छेदन ताप ताडनैः' उनकी परीक्षा कर लेनी चाहिए। लेखक के लिए तो वह अवश्य ही बड़ी बात होगी, जो उसकी समझ में नहीं आती!

उसके रसिकों में भी तो स्वर्गीय भावुकता अथवा मार्मिकता होनी चाहिए। इस संसार में वह दुर्लभ है। एक बाधा के साथ दूसरी चिंता लगी हुई है। भव की भावना के अनुसार स्वर्ग भी भिन्न-भिन्न प्रकार के सुने जाते हैं। सौंदर्य के आदर्श अलग-अलग हैं। अपने घर में ही देखिए न! एक महानुभाव को खद्दर में कुरूपता दिखाई देती है। कला की कुशलता का अभाव तो स्पष्ट ही है। उधर दूसरे महापुरुष को उसमें भूखों का भोजन और रुग्णों का आरोग्य दिखाई देता है। जीवन की सरलता का कहना ही क्या? यदि सौंदर्य स्वयं एक बड़ा भारी गुण है तो गुण भी स्वयं एक बड़ा भारी सौंदर्य है? हमारे लिए दोनों ही वदान्य और मान्य हैं। एक महाकवि है और दूसरा महात्मा।

यंत्रों के युग इस में 'हाथ कते' और 'हाथ बुने' में सचमुच सौंदर्य दुर्लभ है। जहाँ है भी वहाँ वह बहुत महँगा पड़ता है, फिर सर्वसाधारण का शौक कैसे पूरा हो? शौक रहने दीजिए, पहले सर्वसाधारण की क्षुधा-निवृत्ति और सज्जा की रक्षा तो हो जाए। इन यंत्रों ने ही तो इतनी विषमता फैलाई है। संभवतः इसलिए मनु ने—'महायन्त्रप्रवर्तनम्'—बड़े यंत्रों के प्रचार को एक प्रकार का पाप बताया है।

तथापि वह पाप उत्पन्न हो ही गया और संसार में फैल भी गया। वहाँ कलयुग के पहले ही से फैला हुआ है। ऐसी दशा में 'स्वदेशी' को छोड़कर कौन सी गति है? परंतु स्वदेशी से कवित्व की विश्वभावना जो भंग हो जाती है! राम-राम! फिर भी वही संकीर्णता।

कवित्व ही इसका उपाय सोचेगा। संसार के सम्मिलित स्वर्ग की कल्पना का भार भी उसी पर छोड़ देना चाहिए। वही हमें विश्व के सौंदर्य-स्वर्ग का

अनुभव करा सकता है, क्योंकि वह हमें लोकोत्तर आनंद देता रहा है।

परंतु हम अपना भय प्रकट कर देना उचित समझते हैं। स्वर्ग की वह भावना ऐसी न हो कि संसार अचल हो जाए। विशेषकर जब तक संसार-संसार है।

महाभारतीय युद्ध के समय कुरुक्षेत्र में अर्जुन को जो करुणा और ममता उत्पन्न हुई थी, वह भी एक स्वर्ग की भावना थी। ईश्वर न करे कि कभी फिर कोई महाभारत का सा प्रसंग उठ खड़ा हो, परंतु संसार में इससे भी बड़ा महाभारत हो चुका है। इसलिए ऐसे प्रसंग पर अर्जुन का मोह देखकर, सौंदर्य-लोभी कवित्व उससे

विषम वेला में तुझको, ओह!
कहाँ से उपजा यह व्यामोह?

कहने के बदले कहीं स्वयं मोह से ही यह न कह उठे कि

कहाँ ओ कंपित पुलकित मोह?
अरे हट, किंतु ठहर जा ओह!
देख लूँ क्षण भर तेरा रूप
सगद्गद रोम रोम रसकूप।

अर्जुन की वह ममता स्वर्गीय थी तो वह सुहृदयता, मार्मिकता अथवा सौंदर्योपासना भी स्वर्गीय है! अर्जुन की ममता, करुणा अथवा उदारता स्वर्गीय न होती तो वह कैसे अपने राज्य हरने और उससे भी अधिक अपनी पत्नी पांचाली का अपमान करने वालों को अयाचित क्षमाप्रदान करने को तैयार हो जाता। उसने तो यहाँ तक कह दिया था कि

मुझ निरस्त्र को अस्त्र समेत,
मारें धार्तराष्ट्र समवेत।
करूँ न मैं उनका प्रतिकार,
तो मेरा कल्याण अपार!

बौद्धों की क्षमा भी इसी प्रकार की थी। जातकों में हमें ऐसे उदाहरण भी मिलते हैं कि महानुभावों ने दारा पहारी आततायियों को भी क्षमा कर दिया

है। ईश्वरात्मज प्रभु यीशु भी हमें स्वर्ग का संदेश सुना गए हैं कि यदि कोई तुम्हारे एक गाल पर थप्पड़ मारे तो तुरंत दूसरा गाल उसके सामने कर दो। परंतु उनके अनुयायियों ने ही सर्वापेक्षा इसकी उपेक्षा की है। स्वयं भगवान् परस्वापहारियों के प्रति अर्जुन के इस भाव को 'अस्वर्ग्य' समझते हैं—

न इसमें स्वर्ग न कीर्ति न मान,
अनार्योचित है यह अज्ञान।

दुष्ट और दस्युओं को भगवान् कभी क्षमा नहीं कर सकते।

"जो नहि करों दंड खल तोरा।
भ्रष्ट होइ श्रुति मारग मोरा॥"

क्योंकि—

"धर्म संरक्षणार्थैव प्रवृत्तिर्भुवि शांगिण।"

शारङ्गधर धर्म की रक्षा के लिए ही धरती पर अवतीर्ण होते हैं। किसी समय वे आयुध न भी धारण करें, परंतु अपना काम करते रहते हैं। सव्यसाची तो निमित्त मात्र है—

"निमित्त मात्रम् भव सव्यसाचिन्।"

सो पाठक, कवित्व भले ही स्वर्गीय होकर स्वर्ग के सौंदर्य का आनंद लूटे; परंतु जब तक यह संसार स्वर्ग नहीं हो जाता, तब तक हम सांसारिक ही रहेंगे। चाहते तो हम भी वही हैं, पर हमारे चाहने से ही क्या होगा?

नर चेती नहिं होत है, प्रभु चेती तत्काल।
वलि चाह्यो आकाश कों, हरि पठयो पाताल॥

कौन नहीं जानता कि कलह किंवा युद्ध अतीव अनर्थकारी है; परंतु जब तक यह जीवन संधि के बदले संग्राम बना हुआ है, तब तक इसके अतिरिक्त और क्या कहा जा सकता है कि—

"क्षुद्रं हृदय दौर्बल्यं त्यक्तोत्तिष्ट परन्तप।"

हमने 'अहिंसा परमोधर्मः' धारण करके अपनी दिग्विजय से हाथ खींच लिये; परंतु दूसरों ने हमपर आक्रमण करना न छोड़ा। हम किसी की हिंसा नहीं करना चाहते; परंतु हमारी भी तो कोई हत्या न करे। तथापि हुआ यही। हमारी

अतिरिक्त करुणा ने हमें दूसरों के समक्ष दुर्बल बना दिया। हमने हथियार रखकर उठने-बैठने का स्थान धीरे से झाड़ देने के लिए एक प्रकार की मृदुल मार्जनी धारण कर ली, जिसमें कोई जीव हमारे नीचे न दब जाए; परंतु दूसरों ने हथियार न रखे और स्वयं हमीं दबा लिये गए। हमारी गोरक्षा की अति ने विपक्षियों की सेना के सामने गायों को खड़ा देखकर शस्त्र-संधान करना स्वीकार न किया; परंतु इससे न गायों की रक्षा हुई और न हमारी, जो उसके रक्षक थे। विधर्मियों ने गाँव के एकमात्र कुएँ में थूक दिया, बस वह गाँव ही अहिंदू हो गया!

ऐसी अवस्था में कवित्व हमें क्या उपदेश देगा? उपदेश देना उसका काम नहीं। न सही; परंतु आपत्तिकाल में मर्यादा का विचार नहीं रहता। और क्या सचमुच कवित्व उपदेश नहीं देता?

भोजन का उद्‌देश्य क्षुधानिवृत्ति और शरीर पोषण है। उससे रसना का आनंद भी मिलता है; परंतु हमारी रसना लोलुपता इतनी बढ़ गई है कि हम भोजन में बहुधा उसी का ध्यान रखते हैं। फल उलटा होता है। शरीर का पोषण न होकर उलटा उसका शोषण होता है, क्योंकि पथ्य प्राय: रुचिकर नहीं होता। शरीर के समान ही मन की भी दशा समझिए। मन महाराज तो पथ्य की ओर दृष्टि भी नहीं डालना चाहते। लाख उपदेश दीजिए, जब तक पथ्य मधुर किंवा रुचिकर नहीं होता, तब तक वे उसे छूने के नहीं। कवित्व ही उनके पथ्य को मधुर बनाकर परोस सकता है।

काम्य-कुसुम-कलिका देकर ही
कला-केतकी है कृतकार्य,
किंतु कवित्व रसाल, सुफल की
आशा है है तुझसे अनिवार्य।

परंतु हमारे कवित्व का ध्यान इस समय दूसरी ओर चला गया है। इस संसार को छोड़कर वह स्वर्ग की सीमा में प्रवेश कर रहा है। क्या अच्छा होता कि वह हमें भी साथ लेकर चलता? परंतु हमारा उतना पुण्य नहीं। कवित्व इंद्रधनुष लेकर अपना लक्ष्य भेदन कर सकता है; परंतु हम पार्थिव प्राणियों को

प्रार्थिव साधनों का ही सहारा लेना पड़ेगा और इसके लिए न तो किसी दूसरे पर ईर्ष्या करनी पड़ेगी, न अपने ऊपर घृणा। जो साधन भगवान् ने दया करके हमें प्रदान किए हैं, उन्हीं को बहुत समझकर स्वीकार करना होगा; परंतु लज्जा तो यही है कि हम उन्हीं का यथोचित उपयोग नहीं कर सकते।

कवित्व स्वच्छंदतापूर्वक स्वर्ग के छायापथ पर आनंद से गुनगुनाता हुआ विचरण करे अथवा वह स्वर्गंगा के निर्मल प्रवाह में निमग्न होकर अपने पृथ्वी-तल के पापों का प्रक्षालन करे, लेखक उसे आयत्त करने की चेष्टा नहीं करता, उसकी तुच्छ तुकबंदी सीधे मार्ग से चलती हुई राष्ट्र किंवा जाति गंगा में ही एक डुबकी लगाकर 'हरगंगा' गा सके तो वह इतने से ही कृतकृत्य हो जाएगा। कहीं उसमें कुछ बातों का उल्लेख भी हो जाए तो फिर कहना ही क्या? जो लोग बलपूर्वक, ठोक-पीटकर कविराज बनाने के समान उसे कवियों की श्रेणी में खींचकर उसी भाव से उसका विचार करते हैं, वे उसपर दया तो करते हैं, परंतु न्याय नहीं करते। वह स्वर्गीय कवित्व की साधना का अधिकारी नहीं होता तो कदाचित् यह लिखने न बैठता कि—

छुरे काटते हैं जो नार
होते हैं बहुधा सविकार।

प्रत्युत् स्वर्गलोक में बधिर श्रवणों से किसी अनजान का नीरव गान अथवा मूक आह्वान सुना-अनसुना करके चिल्ला उठता—

गूँज उठा तेरा अनजान,
स्वप्न लोक में नीरव गान!

हाय! लेखक कहीं जन-साधारण का ही कवि हो सकता, परंतु प्रतिभा देवी का वह प्रसाद भी प्राप्त न हो सका। वृत्त छोटा और विषय बड़ा कुछ उल्लेख अथवा संकेत और अर्थ-गौरव का भी लोभ!

वहाँ सरलता है कहाँ, जहाँ अर्थ का लोभ।
छंदों को भी कर सका क्षमा न उसका क्षोभ।

परंतु यह तो बचत करने के लिए एक बहाना है। मुख्य कारण तो लेखक की असमर्थता ही है, इसे वह निस्संकोच भाव से स्वीकार करता है।

कवित्व के उपासकों से उसकी ही प्रार्थना है कि वे उसकी सीमा इतनी संकुचित न कर दें कि नवीन दृष्टि से विचार करने पर पुरानी रचनाएँ तुकबंदियों के सिवा और कुछ न रह जाएँ।

यदि हम किसी निबंध की एक-एक पंक्ति में रस की खोज करने लगेंगे तो काव्यों की तो बात ही क्या, महाकाव्यों को भी अपना स्थान छोड़ने के लिए बाध्य होना पड़ेगा। एक-एक पत्ते में फूल खोजने की चेष्टा व्यर्थ होगी और ऐसे फूलों का कोई मूल्य भी न रह जाएगा। फूल के साथ पत्ती भी रहती ही है और सच पूछिए तो पत्तियों के बीच में ही वह 'खिलता' है।

शरीर की उपेक्षा करके हम आत्मा की अपेक्षा नहीं कर सकते। शरीर में ही हमें उसके दर्शन हो सकते हैं।

कवित्व से उसे इतना ही कहना है कि ऊपर केवल स्वर्गंगा और स्वर्ग ही नहीं वैतरणी और नरक भी हैं! स्वर्ग और नरक उलटे होकर भी 36 के अंकों के समान पास-ही-पास रहते हैं, अतएव सावधान! अपने रूप को न भूलना। तुम स्वयं असाधारण हो—

केवल भावमयी कला, ध्वनिमय है संगीत;
भाव और ध्वनिमय उभय, जय कवित्व नय-नीति।

प्रस्तुत पुस्तक के संबंध में एक बात और, इस तरह की तुकबंदियों के लिए साहित्य के शारदा मंदिर में कोई स्थान है या नहीं? वह हो या न हो; परंतु इनका एक आदर्श होना ही चाहिए। न तो इनमें आख्यान-मूलक रामायण आदि महाकाव्यों का अनुकरण है और न बिहारी, सतसई आदि कोश काव्यों का। 'हमीर हठ' ऐसे खंड-काव्य और कविप्रिया' एवं 'काव्य निर्णय' आदि रीति ग्रंथों की श्रेणी में भी ये नहीं रखी जा सकती। विनय-पत्रिका आदि का भी एक स्वतंत्र स्थान है। सारांश, काव्यों की पंक्ति में बैठने का इन्हें कोई अधिकार नहीं। न सही, परंतु जैसा ऊपर कहा जा चुका है, इनका भी एक आदर्श होना चाहिए। क्या वह आदर्श 'श्रीमद्‌भगवद्‌गीता' हो सकता है? छोटे मुँह बड़ी बात! विद्वज्जन क्षमा करें; उन्हीं का कहना है कि आदर्श उत्कृष्ट ही रखना चाहिए। लेखक के लिए तो यही अवलंब है—

जय देव मंदिर-देहली,
समभाव से जिस पर चढ़ी—
नृप-हेममुद्रा और रंकवराटिका

अंत में—

मुनि सत्य-सांचे में ढली,
कवि-कल्पना जिसमें बढ़ी,
फूले-फले साहित्य की वह वाटिका।

नवरात्र, 1984

—मैथिलीशरण गुप्त

सिद्ध गणेश करो हे हिंदू,
शक्ति साधना शिव की प्राप्ति;
जागो तुम पौरस्य सौर शुचि,
तुम में पुरुषोत्तम की व्याप्ति।

बुद्ध, वीर आदर्श तुम्हारे,
निर्भय हो गुरु की जय बोल;
आर्य ब्राह्म पद के अधिकारी
करो सहज निज कार्य समाप्ति।

अनुक्रम

विस्मृति

श्री श्रीरामकृष्ण के भक्त
रह सकते हैं कभी अशक्त?
दुर्बल हो तुम क्यों हे तात!
उठो हिंदुओ, हुआ प्रभात।

हे हिंदू, तुम हो क्यों हीन?
क्यों हो दलित[1], दु:खी, अति दीन?
क्यों तुम हो यों आज हताश?
क्यों यह पराधीनता-पाश[2]?
होकर ऋषियों की संतान
सहते हो तुम क्यों अपमान?
अपने को भूले हो आप,
पाते हो सौ-सौ संताप।

□

1. पीड़ित, खंडित, अछूत।
2. फाँसी।

अभाव

वह यश, वह प्रताप, वह तेज,
सजग शांतिमय सुख की सेज,
वह निर्भय निश्चय, वह त्याग,
वह संयम, वह विषय-विराग।

वह अलिप्त भोगों का भोग,
अनालस्य, अविचल उद्योग,
वह जीवन का सुखमय स्वर्ग,
और मृत्यु में भी अपवर्ग[1]।

वह शिक्षा, दीक्षा संस्कार,
सत्य, सरल, निश्छल व्यवहार,
निष्ठा, नीति, प्रतिष्ठा, प्रीति,
स्वकुल-रीति, वह अतुल अभीति।

वह अनुशीलन, वह अभ्यास,
वह एकांत आत्मविश्वास,
ब्रह्मचर्य, विद्या-व्यासंग[2],
स्वस्थ शरीर, संगठित[3] अंग।

---

1. मोक्ष।
2. प्रासक्ति।
3. संघटित।

वह सत्ता, वह साहस, शौर्य,
किंतु साथ ही वह अक्रौर्य[1],
विविध विजय-सूचक मख-मेघ[2],
एक लक्ष्य का बहुविधि बेध।

वह गौरव, वह मान महत्त्व,
वह अमरत्व तत्त्व मय सत्त्व[3],
सबके ऊपर चारु चरित्र,—
पवित्रता का जीवित चित्र।

वह साधन, वह अध्यवसाय[4],
नहीं रहा हममें अब हाय!
इसलिए अपना यह ह्रास[5]
चारों ओर त्रास ही त्रास।

□

1. अक्रूरता।
2. याग, यज्ञ।
3. प्राण, शक्ति उद्यम, गुण।
4. अविचल उद्योग और उत्साह।
5. क्षय, न्यूनता।

स्मृति

याद करो अपने को आर्य!
सत्य करो सपने को आर्य!
तापों से अब तपो न और,
जीवन-मंत्र जपो सब ठौर।

तुम हो सबसे पहले सभ्य,
जिन्हें न कुछ भी रहा अलभ्य।
तुम हो उनके ही कुलशील
जो थे सर्व समर्थ सलील[1]।

तुम हो उनकी ही संतान
बने कि जिनसे विश्व-विधान।
खोजे गूढ़ जिन्होंने तत्त्व,
पाया है उज्ज्वल अमरत्व।

तुम हो उनके ही कुलजात[2]
कि जो हुए ऋषि-मुनि विख्यात।
जिनका त्याग और तप देख
बदली स्वयं कर्म की रेख।

---

1. लोला सहित।
2. कुल में उत्पन्न।

डोल उठा इंद्रासन आप,
वज्राधिक था जिनका शाप!
रचे जिन्होंने तीर्थ अनेक,
जिनके बिना न हो अभिषेक।

उत्तराधिकारी तुम लोग
उनके हो जिनके उद्योग
सफल हुए सब ओर सदैव—
अनुगत-सा था जिनका दैव।

किसके पूर्वज थे वे लोग
किए जिन्होंने अद्‌भुत योग?
दिए दिव्य संदेश उदार
जाग उठा जिनसे संसार?

तुममें हैं उनके ही प्राण
जिनके करगत थे कल्याण।
देख सकी उनकी ही दृष्टि—
'ब्रह्ममयी है सारी सृष्टि।'

वे थे ऐसे योग्य उदार
था कुटुंब उनका संसार।
जगती की सुख-शांति समृद्धि
और उन्होंने की शुभ वृद्धि।

व्यापक थे उनके व्यवहार,
सीमाबद्ध न था विस्तार।
कह सकते थे वही अगर्व—
'वाराणसी मेदिनी सर्व[1]।'

साधन था उनका पुरुषार्थ,
और सिद्धि थी मुक्ति यथार्थ!
करते थे वे नियम-निदेश,
पलवाते थे जिन्हें नरेश।

□

1. पृथ्वी भर काशी।

शौर्य-वीर्य

तुममें है उनका ही रक्त
जो थे सच्चे शूर सशक्त।
जिनका बल-विक्रम-उत्साह
था अथाह ज्यों महाप्रवाह।

होकर असुरों से आक्रांत[1]।
सुर जब हो जाते थे श्रांत,
तब रण में दैत्यों का गर्व
कौन किया करता था खर्व?

चंद्र-सूर्य का यशः-प्रताप
रखते थे उनके कुल आप।
वे कुल अब भी नहीं विलुप्त,
किंतु रहेंगे कब तक सुप्त?

मांधाता के युग की बात
नहीं आज भी है अज्ञात;
था तब भी वह राज्य प्रशस्त—
सूर्य न हो सकता था अस्त।

---

1. जिसपर आक्रमण किया गया हो।

किसने किए विश्वजित याग?
और विश्व-विभवों के त्याग?
राजसूय, हय-मेध महान्
थे किसके वीरत्व विधान?

तोड़ा किसने राक्षस-राज्य—
जो था अचल, अटल, अविभाज्य[1]
उड़ी हेम-लंका की धूल,
तुम हो वही, न जाओ भूल।

वीरोचित बाणों की सेज!
किसने दिखलाया यह तेज?
उसपर तकिया अनी यथार्थ
विषय वहाँ भी था परमार्थ!

दृश्य भीष्म-सुंदर यह और
देखा गया कहो किस ठौर?
प्राप्त करो वह पानी आर्य,
कि हो पितामह-तर्पण-कार्य।

याद करो निज वीर्य विलुप्त;
कहो कौन थे मौर्य कि गुप्त?
थे जिनके साम्राज्य विशाल,
स्वस्थ, व्यवस्थित, मालामाल।

---

1. जो विभक्त न किया जा सके, अखंड।

था वह किन घावों का दाह
जिससे जला सिकंदर शाह?
पूरी हुई न मन की चाह,
ली घर की—यमपुर की—राह!

चढ़कर आया था यूनान,
लौट गया कर कन्या-दान!
बाँध आर्य-विक्रम का तूण[1]
तुमने ही जीते शक-हूण।

किसका था वह पुण्य प्रताप[2]
चौंका जिससे अकबर आप?
करके सबकुछ भी बलिदान
रखी स्वतंत्रता की बान।

महाराष्ट्र संस्थापन कार्य।
किया तुम्हीं ने कल था आर्य!
'हर हर महादेव' का घोष
असंतोष का था संतोष।

□

---

1. तरकस।
2. प्रताप और महाराणा प्रताप सिंह।

प्रभाव

भूमंडल भर में अनिवार्य
बजा तुम्हारा डंका आर्य!
अपने धर्म-राज्य का छत्र
छाया करता था सर्वत्र।

गंगा-तट का पूजा-पाठ,
यज्ञ-याग, उत्सव का ठाठ,
दूर नील-नद[1] के भी तीर
करता था निज ध्वनि गंभीर!

सीतारामोत्सव का हर्ष
रखता था ज्यों भारतवर्ष,
अमरीका भी स्वयं सगर्व
कभी मनाता था वह पर्व!

जहाँ रहे तुम भारत-तुल्य,
बढ़ा धर्म-वैभव बाहुल्य।
बने उच्च मंदिर-प्रासाद,
गूँजा दुंदुभि-शंख-निनाद।

□

1. मिस्त्र देश की एक नदी।

संदेश

प्राण-प्रतिष्ठा-सी सब ओर
की तुमने इससे उस छोर।
करके जगती का आह्वान
गाया अनुपम वैदिक गान।

देकर सबको प्रथम प्रकाश
किया सभ्यता का सुविकास।
सुना-सुनाकर शास्त्र पुराण
किया सदा सबका कल्याण!

उस विभु से जो सबमें व्याप्त
की तुमने तन्मयता प्राप्त।
सुना सृष्टि ने सोहं नाद
सर्वोपरि सच्चा संवाद।

विश्वबंधुता का बरताव,
और परम करुणा का भाव,
फैलाया तुमने सब ओर;
बढ़ा विश्व धन-धर्म बटोर।

□

आक्रमण

तुम बौद्धों के नीति-निदेश
रहे मानते देश, विदेश!
किंतु हाय! स्वार्थी संसार
कब तक रहता उच्च उदार?

जो अध्यात्म भाव-भिक्षार्थ,
आते रहे यहाँ शिक्षार्थ
वही राज्य करने के हेतु
उदित हुए ज्यों कुग्रह केतु!

चीन, हूण, शक, जावक लुब्ध[1]
रोमज, खुरज, तैत्तरिक, क्षुब्ध,
मिल-मिलकर आक्रमण यथेच्छ,
करने लगे कृतघ्न कि म्लेच्छ।

मिलती उन्हें जहाँ विश्रांति
करने लगे वहीं वे क्रांति।
किंतु न थे हिंदू, तुम हीन,
संवत्-साके चले नवीन।

1. लोभी।

पड़े हुए अस्त्रों की जंक
पाकर अरि-मज्जा अकलंक
छूटी, प्रकटित हुआ प्रताप,
रहा तुम्हारा पानी आप।

होने लगा पुनः जय-गान,
देवस्थापन, यज्ञ-विधान।
जन-जन में वैदिक-बल-वृद्धि,
घर-घर में सुख, शांति, समृद्धि।

कहाँ आज वे शक, वे हूण,
बनते थे जो विजयस्थूण[1] ?
किंतु बने हैं अब भी आर्य
और शेष हैं उनके कार्य।

है स्वर्गीय अहिंसा शुद्ध,
किंतु जगत् है शुद्ध न बुद्ध।
वह है जीवन-युद्धक्षेत्र
चलो, किंतु बनकर दृढ़ वेत्र।

□

1. लोहे का खंभा।

विदेश यात्रा

हुआ एक सीमा विस्तार,
जिसे शत्रुजन करें न पार।
जो आँखें रखते थे अंध,
रहे न उनसे कुछ संबंध।

तुमने देश, काल अवलोक
की विदेश यात्रा की रोक।
किंतु हुई आगे यह चूक
हम हो गए कूप-मंडूक!

नित्य और नैमित्तिक कर्म
रखते नहीं एक ही मर्म।
रखो अवसर के अनुसार
अपने साधारण व्यवहार।

□

धर्म-प्रचार

समझ लोभ को मन से त्याज्य[1],
धन का नहीं, धर्म का राज्य,
भू पर यत्र-तत्र सर्वत्र,
किया तुम्हीं ने एकच्छत्र।

तपकर कर पाए जो तत्त्व,
सुख के और शांति के सत्त्व,
फैलाए तुमने सब ओर;
पाया जिधर जहाँ तक छोर।

प्रिय था तुमको धर्म-प्रचार
किंतु नहीं लेकर हथियार।
उठते थे जब अपने हाथ,
अभयाश्वासन के ही साथ।

अपनी आध्यात्मिक अनुभूति
करती रही यही आहूति[2]—
"यहाँ न दुःख न मोह न शोक
आवे सुख पावे सब लोक।"

---

1. त्यागने के योग्य।
2. पुकारना।

तुम्हें न था जब कोई मोह,
होते कहो कहाँ विद्रोह?
भीति-भरी शासन की नीति
पाती नहीं प्रजा की प्रीति।

आर्य-वंश ही अतुल अखर्व[1]
कर सकता है इसका गर्व,—
कर-करके सुख-शांति-विधान,
किया उसी ने जगदुत्थान[2]।

कहाँ सिकंदर सा सरताज
नेपोलियन कहाँ है आज?
किंतु बुद्ध के राज्य महान
अब भी स्याम, चीन, जापान।

युद्ध-विजय नत रही समक्ष,
पर था बुद्ध-विजय निज लक्ष।
पाया हमने जब जो सार
उसे विश्व को दिया पुकार।

औरों ने भी आकर दूर,
कीं शासन-सत्ता भरपूर।
किंतु धर्म या धन के अर्थ?
सदा स्वार्थ-साधन के अर्थ?

---

1. जो छोटा न हो, अर्थात् बड़ा।
2. जगत् का उत्थान।

पशु-बल नहीं चाहता धर्म,
नहीं कराता वह दुष्कर्म।
लूट-मार या अत्याचार
करे लुटेरों की तलवार।

हिंदू-शासन का सुविकास
बतलाता है जगदितिहास[1]।
दुर्लभ वहाँ विभंजक भीति,
रही नित्य रंजक नृप-नीति।

□

1. संसार का इतिहास।

राजनीति

प्रजातंत्र औरों के आप
प्रकट राज-सत्ता के पाप।
कुटिल नीति की जारज सृष्टि
हैं, यद्यपि हों उन्नत दृष्टि।

यहाँ पूर्व से ही सविवेक
राजा-प्रजा प्रकृति थी एक।
तब तो राम-राज्य सुख भोग
करते थे तुम हिंदू लोग।

□

अवतार

हिंदू धन्य तुम्हारा धर्म,
धन्य कामना-वर्जित कर्म?
धन्य तुम्हारी ज्ञानासक्ति,
धन्य तुम्हारी श्रद्धा, भक्ति!

धन्य तुम्हारा प्रेम अपार,
प्रकट हुए प्रभु भी साकार!
उनके वे मनुष्य अवतार,
हुए तुम्हीं में बारंबार।

आस्तिकता के सच्चे गर्व
हरि नर होकर हुए न खर्व।
देकर अपना पुण्यस्पर्श,
दिया उन्होंने दिव्यादर्श।

□

महत्ता

किसके धर्माचार विचार
स्वीकृत करता था संसार?
गए हमीं अब उनको भूल,
शाखाएँ तब हों जब मूल।

देखो भूमंडल भर घूम,
कहाँ तुम्हारी रही न धूम?
जिसका है यह व्यक्त भविष्य
यूरोप है शिष्यों का शिष्य।

तिब्बत, स्याम, चीन, जापान,
लंका, यवद्वीप, ईरान,
काबुल, रूस, रोम, यूनान,
कहाँ न थी आर्यों की आन?

□

अपमान

दुनिया भर के सारे देश
रहे कभी आर्योपनिवेश।
जो थे मानवकुल-सिरमौर
नहीं कहीं अब उनको ठौर!

हम हैं आज विभक्त, विपन्न[1];
दुर्लभ है मुट्‌ठी भर अन्न।
किंतु करें मिलकर यदि आह
तो भी कौन सहे वह दाह?

□

1. विपत्ति में पड़े हुए।

आशा

बजे आज परिश्रम का तूर्य[1],
डूबा जहाँ पूर्व का सूर्य;
किंतु उदय की आशा नित्य
दिखला रहा हमें आदित्य[2]।

जिनका कुछ भी न था अतीत,
गावें क्या वे उसके गीत?
भूले हम क्यों उसकी याद,
जिसमें है अपना आह्लाद।

वही करेगा हमें सचेत
और वही देगा संकेत।
दे सकता है वही प्रबोध
और हमें जीवन का शोध।

जिनके पीछे है कुछ सार
उनके आगे भी विस्तार।
आप बनाकर अपनी लीक,
बढ़ सकते हैं वे निर्भीक।

---

1. तुरही।
2. सूर्य।

न हो, बंधुगण, न हो निराश,
शून्य नहीं निज भाग्याकाश।
अब भी शीतल नहीं कृशानु,
उदित पूर्व ही में है भानु।

बहुत राष्ट्र हो बीते आज,
तब भी हो तुम जीते आज,
किंतु जियो तो गौरवयुक्त,
और मरो तो होकर मुक्त।

रखो अपने कुल का मान,
वह है कैसा मधुर-महान!
पी लो वह पीयूष[1] पुनीत,
होगी जीवन-रण में जीत।

तुम पर है उनका कुल-भार
किया जिन्होंने कला-प्रचार।
चित्र, शिल्प, कविता, संगीत,
जिन्हें आप ही थे उपनीत[2]।

होने पर कितने हुत-होत्र[3],
बने तुम्हारे हैं कुल-गोत्र।
आर्य-वंश की है क्या बान?
त्याग, तपस्याएँ, बलिदान।

---

1. अमृत।
2. प्राप्त।
3. होम।

रहा अतीत तुम्हारा आप,
जिसका अब भी प्रकट प्रताप।
कर लो वर्तमान को साथ
है भविष्य तो अपने हाथ।

□

साधन

नहीं रहा अब वह उत्कर्ष[1],
विगत हुए हैं सौ-सौ वर्ष।
पर खोलो यदि नयन निमेष
तो साधन हैं अब भी शेष।

वही उर्वरा धरा[2] उदार,
वही सिंधु बहु रत्नागार,
वही देश जिसकी है ख्याति,
और वही है अपनी जाति।

वही हिमालय, विंध्य विशाल,
सुख-दुःख के साक्षी चिरकाल।
वही सुनिर्मल जल-प्रवाह,
कूल-किनारे अपने आह!

वही सिंधु-सरयू के तीर,
गंगा-यमुना के कल-नीर।
वही अखिल अन्नों के खेत,
खानें बहु मणि धातु-निकेत।

---

1. उत्कृष्टता, श्रेष्ठता।
2. पृथ्वी।

देखो जब भी खोलो नेत्र,
वहीं प्रांत पुर पुण्य-क्षेत्र,—
हुए जहाँ वे चारु चरित्र,
एक-एक सौ-सौ स्मृति-चित्र!

वहीं पंचनद, राजस्थान
प्राप्त जिन्हें है गौरव-मान।
वही, बिहार, उड़ीसा, बंग
हैं अक्षय भारत के अंग।

युद्ध, मध्य, पांचाल, पुलिंद,
चेदि, कच्छ, काश्मीर, कुलिंद,
द्रविड़, मद्र, मालव, कर्णाट,
महाराष्ट्र, सौराष्ट्र, विराट।

कामरूप, किंवा आसाम,
सातों पुरियाँ, चारों धाम,
अटक-कटक तक एक अभंग
दुःख में, सुख में, सब हैं संग।

अब भी अपना है नेपाल
किए हुए निज उन्नत भाल।
अब भी धन्य गोरखा वीर,
राजपूत, सिख, जाट, अहीर।

धारण करो ऐक्य-अनुराग
जाएँ तुम्हारे सब भय भाग।
भारत है ऐसा भू-भाग,
पद-पद पर है, जहाँ प्रयाग।

अब भी यहाँ बदलकर वेश,
कोशल, काशी, मथुरा शेष।
इंद्रप्रस्थ कि पाटलिपुत्र,
कान्यकुब्ज, उज्जयिनी कुत्र[1] ?

छोड़ परस्पर वैर-विवाद,
करो आर्यगण अपनी याद।
देखो वे धुँधले-से चित्र,
दिखा रहे हैं कौन चरित्र।

तुम निराश क्यों हो इस भाँति?
सोचो, पाप कटें किस भाँति।
अब भी वेद-शास्त्र वे सर्व,
जिनका है जगती को गर्व।

अब भी स्मृतियाँ हैं अवशिष्ट[2],
टाल सकें जो अखिल अरिष्ट[3]।
गीता और पुराण पुनीत,
रामायण-भारत जय गीत।

---

1. कहाँ।
2. शेष।
3. अशुभ।

अब भी है वह प्रतिभा शेष।
जिससे हो नव-नव उन्मेष[1]।
धरो राग निज, मेटो द्वेष;
अंकित करो स्व-भाव स्व-वेश।

हिंदू, जैन, बौद्ध-उपलब्धि[2],
अब भी तीन ओर निज अब्धि[3]।
आत्मा के एकत्व-समान
चौथी ओर अटल हिमवान।

है जितने निज अन्य विवेक
सबका उद्गम-संगम एक।
अब भी उपनिषदों के मंत्र,
कर सकते हैं मुक्त, स्वतंत्र।

वे गिरि से भी ऊँचे ग्रंथ
नहीं दिखा सकते क्या पंथ?
अब भी ज्ञान-कर्म युत भक्ति,
दे सकती हैं तुमको शक्ति।

राम कृष्ण के चारु-चरित्र
जो पतितों को करें पवित्र,
अब भी हैं सुवर्ण लिपिबद्ध;
सबकुछ है, तुम हो सन्नद्ध[4]!

---

1. प्रकाश, उदय।
2. प्राप्ति, बुद्धि, अनुभूति।
3. समुद्र।
4. उद्यत।

और कहीं भेजे हों दूत,
हुए यहाँ प्रभु प्रादुर्भूत[1]।
जनमे हो तुम जहाँ निदान,
वह प्रभु का भी जन्मस्थान!

प्रभु पर है भारत का भार,
हुए जहाँ उनके अवतार।
होगा जो कुछ है भवितव्य,
पालो तुम अपना कर्तव्य।

□

1. प्रकट।

अवनति के कारण

क्या है इस अवनति का मूल?
अपने कर्म गए हम भूल।
खो बैठे अपना कुल-शील;
पाई चंचल मन ने ढील।

हुआ अंत में वह उत्क्षिप्त[1],
व्यसन और विषयों में लिप्त।
गई स्वार्थ की फिर वह ग्लानि,
खलती जिसे और की हानि।

उपजा फिर आलस्य प्रमाद,
लगा फैलने मायावाद।
हम यों होने लगे हताश,
कौन रोकता सत्यानाश?

बढ़ा परस्पर ईर्ष्या-द्वेष,
विग्रह, वैर, विरोध विशेष,
खसने लगे शरीरस्तंभ
उपजा आडंबर या दंभ।

---

1. ताड़ित, फेंका हुआ।

रहा न जब तन में पुरुषार्थ,
फिर कैसे पूरा हो स्वार्थ
लेकर तब औरों की ओट,
करने लगे चतुर बन चोट।

औरों से मिल-मिलकर मंद,
बनकर अमीचंद, जयचंद,
किया हम ही ने अपना नाश,
पहना पराधीनता-पाश!

खो बैठे अपना घर-बार;
लुटे हाय! हम बारंबार।
आज हमारा है यह हाल,
हम हैं दीन, दास, कंगाल!

देव मूर्तियाँ भी न निरस्त्र
जिनकी, हुए वही निःशस्त्र।
रक्षा पाते जिनसे रक्ष्य,
वही हिंस्त्र पशुओं के भक्ष्य।

जिनसे घर बैठे सब लोक
पाता रहा अमृत अस्तोक[1],
उनके बच्चों को हा लाज,
हुआ दूध भी दुर्लभ आज!

□

1. बहुत।

जातीयता

करो बंधु गण, करो विचार,
किस प्रकार हो अब उद्धार?
सबकुछ गया, जाय, बस एक—
रखो हिंदूपन की टेक।

ऐसा है वह कौन विवेक
करता हो जो हमको एक?
और बढ़ा सकता हो मान?
केवल हिंदू-हिंदुस्तान।

□

फूट

सुन लो असमय की ही बात,
सहकर भी कितने आघात
रखा तुमने अपना नाम।
(मिटे मुल्क के मुल्क तमाम)

तप्त रेणु का वह तूफान,
उठा अरब से जो अनजान,
रोका गया कहाँ दुर्द्धर्ष,
बीते चार-चार सौ वर्ष?

जिस उद्धत का देख प्रकोप
उलट गया सारा यूरोप,
कर न सका वह हमको लोप;
खड़े रहे हम निज पद रोप।

हुए किरकिरे कितने स्थान
उजड़े, उखड़े बहु उद्यान।
अड़े रहे जो पौधे पूत
इसी भूमि के थे अद्भुत।

कोई इसे न जावे भूल
हिंदूपन था उनका मूल।
हुए कुठारों की कब भेंट?
जब हम बने आप ही बेंट।

आपस का विरोध हा हंत?
करता गया हमारा अंत।
मचे महाभारत बहु बार,
हुआ हमारा ही संहार।

□

स्वाभिमान

अब भी चेतो, न हो उदास,
चेता रहा तुम्हें इतिहास।
बुरी बात की भी क्या टेक?
समुचित है सत्याग्रह एक!

किस पर इतने हुए प्रहार?
किसने झेले इतने वार?
त्याग आक्रमण-मूलक नीति
हमने भोगी है बदु भीति।

इसका नहीं हमें कुछ खेद,
मिट जावे आपस का भेद।
रखो हिंदूपन का गर्व,
यहीं ऐक्य के साधन सर्व।

हिंदू निज संस्कृति का त्राण
करो, भले ही दे दो प्राण।
कठिन काल में भी कुलमान
रखा तुमने, दे दी जान।

किसके लिए मिटा चित्तौर?
जूझे राजपूत सिरमौर?
रही पद्मिनी रूपी साख,
पाई बस रिपुओं ने राख।

हिंदूसत-सुवर्ण की जाँच
कि थी जौहरों की वह आँच?
पीढ़ी-दर-पीढ़ी, बहु काल
चलता रहा युद्ध विकराल।

हिंदूपन का प्रकृत प्रताप
रहा किंतु निश्चल निष्पाप।
हुआ हिंदुआसूर्य न मंद,
समुदित रहा स्वच्छ स्वच्छंद।

झुकी न हिंदूपन की पाग,
रुकी न बलि वेदी की आग।
केसरिया बागे सज शूर
वर ले गए कीर्ति भरपूर।

वीर शिवाजी बाजीराव
रखकर कहो कौन सा भाव,
करते थे किसका विस्तार?
हिंदूपद का, करो विचार।

चंपत छत्रसाल अरिकाल
बने हिंदवाने की ढाल।
गुरु गोविंद और रणजीत
रखते थे निज भाव पुनीत।

'बढ़े धर्म हिंदू' यह छंद
गाया है किसने सानंद?
चिड़ियों से पिटवाए बाज,
रखी निज गुरुता की लाज।

वे छोटे बच्चे निरुपाय
चुने गए जीते जी हाय!
स्वीकृत किया न किंतु विधर्म,
था वह किस संस्कृति का मर्म?

बने आज सिख हमसे भिन्न,
हों यों क्यों न आप उच्छिन्न।
पर मत हों कितने ही अंध
अक्षय है शोणित संबंध।

जैन, बौद्ध, सिख, वैष्णव, शैव,
हिंदू कौन रहा फिर दैव?
न हो न हो हे हिंदू, खिन्न,
सब अभिन्न हैं, मत हों भिन्न।

वैष्णव, शैव, शाक्त, सिख, जैन,
हो कि न हो या कुछ हो ऐन,
पर तुममें है हिंदू-रक्त;
हो इस पुण्यभूमि के भक्त।

भाई न लो दीर्घ निश्श्वास,
धारण करो आत्मविश्वास।
युग-युग के आदर्श अभंग,
हैं सर्वत्र हमारे संग।

अन्य जातियों के इतिहास,
हैं कुछ शताब्दियों के दास।
आर्यजाति-जीवन की माप,
काल-दंड कर सका न आप।

था अतीत निज गौरव-गेह,
फिर भविष्य का क्या संदेह?
प्राची का प्रकाश प्राचीन,
लेगा, लेगा जन्म नवीन।

तारों का क्या ह्रास-विकास,
क्या वह रोदन, क्या वह हास!
जिए इंदु का वह इंदुत्व
ऐसा ही अपना हिंदुत्व।

चाहें हम जर्जर हैं आज,
किंतु अमर निज जाति-समाज।
सदा रहे न रहेंगे कष्ट;
हुए न होंगे हिंदू नष्ट।

सोचो वह अपूर्व उत्कर्ष,
शिखा न दी, शिर दिए सहर्ष।
खुले न विश्वासों के बंध,
हटे न सूत्र, कटे सुस्कंध।

काजी लेकर लाल कुरान,
दिया किया फतवा-फरमान।
किंतु हकीकत सका न खोल
रहे हकीकतराय अडोल।

जजिया लगे, कटे सिर लाख,
रही किंतु तब भी वह साख।
तब भी तुम बाईस करोड़,
अब भी कौन तुम्हारा जोड़?

हिंदू धन्य तुम्हें है धन्य,
ऐसे संकट में क्या अन्य—
जी सकती थी कोई जाति?
मिटा सके तुमको न अराति[1]।

---

1. शत्रु।

किया तुम्हीं ने किसी प्रकार
असिधारा-प्लावन[1] भी पार।
झेली सदियों तक शर-वृष्टि,
हिंदू धन्य तुम्हारी सृष्टि।

□

1. तलवार की धार की बाढ़।

दौर्बल्य

तदपि हाय! तुम अस्तव्यस्त,
इसलिए यह रुदन समस्त।
आओ, अब हो जाओ एक,
एक प्राण का हो उद्रेक[1]।

हों कितने ही अपने अंग,
पर सबमें हो एक उमंग।
एक सिंधु के कोटि तरंग,
निरखे स्वयं समय भ्रू-भंग।

विफल तुम्हारे क्यों प्रस्ताव?
क्यों कम है भावों का भाव?
क्यों ऐसी लज्जा की लूट?
क्योंकि घुसी है तुममें फूट।

क्यों तुममें है भय भरपूर?
क्यों तुमसे साहस है दूर?
कोटि-कोटि होकर भी हाय!
तुम हो एकाकी असहाय!

---

1. उदय, वृद्धि, उत्तेजन।

क्यों तुम आज हतप्रभ[1] मंद?
क्यों तुम नहीं स्वस्थ स्वच्छंद?
लगा तुम्हें क्यों घुन या घाव?
ब्रह्मचर्य का हुआ अभाव।

क्यों लुच्चे लंगाड़े नीच,
ले जाते हैं बधुएँ खींच?
तन-मन से तुम निर्बल आज,
रख सकते हो कैसे लाज?

सहकर भी इतना विद्रोह,
करते हो तुम किसका मोह?
मरो न यदि तो डरो अवश्य,
डरो न तुम यदि मरो अवश्य।

□

1. जिनकी कांति नष्ट हो गई है, मलिन।

विधवा

हिंदू-विधवा की शुचि मूर्ति,
पवित्रता की सकरुण पूर्ति।
कर दे खल छल-बल से भंग,
तो मरने का कौन प्रसंग?

किस पर है इसका दायित्व?
यही तुम्हारा है न्यायित्व
कि तुम करो ब्याहों पर ब्याह,
पर विधवाएँ भरें न आह!

तुम बूढ़े भी विषयासक्त,
बनी रहें वे किंतु विरक्त—
वे जो निरी बालिका मात्र—
अस्पर्शित है जिनका गात्र?

आप बनो विषयों के दास,
वे अभागिनी रहें उदास।
कुपथ दिखाते हो तुम आप,
सहें कहाँ तक वे संताप!

सोचो तुम हो कितने क्रूर?
दया और ममता तो दूर!
करते हो उनका अपमान,
धर्म कहाँ है हे भगवान!

करो न हा! वह शुचिता नष्ट
सहे स्वयं जो जीवन कष्ट।
सादर उसे झुकाओ सीख,
दे जिसमें वह तुम्हें असीस

वह विराग की सूरत एक,
महात्याग की मूरत एक,
संयम, सहिष्णुता की खान,
ईश्वर रखे उसकी आन।

विधवाओं का पुनर्विवाह,
नहीं उच्च आदर्श-निवाह।
पर उससे अच्छा सौ बार,
जो हैं दुराचार, व्यभिचार।

पुष्ट करो तुम अपना पक्ष,
किंतु न भूलो अंतिम लक्ष।
रखो ऊँचा ही आदर्श,
कर न सकें जो इतरस्पर्श।

यदि आदर्श झुकाया जाए,
तो उन्नति का कौन उपाय!
करो न अवनति के प्रस्ताव;
आप तम्हीं ऊँचे हो जाव।

□

स्त्रियों के प्रति कर्तव्य

छोड़ो वे बेजोड़ विवाह,
होता है जिनसे गृह-दाह।
दो अबलाओं को अवकाश—
कि वे करें निज जड़ता-नाश।

भूमि वही है, करो प्रयत्न,
हुए जहाँ वे रमणी-रत्न।
जिनकी जगमग ज्योति विलोक,
चौंकी स्वयं नियति गति रोक।

गृह में गृह-लक्ष्मी की पूर्ति,
वन में सावित्री की मूर्ति।
रण में असुर-नाशिनी शक्ति,
आविर्भूत करे निज भक्ति।

हों अपने युग अंग ललाम,
जैसा दक्षिण वैसा वाम।
दोनों अंगों का आरोग्य—
करें तुम्हें सुख-साधन-योग्य।

□

शक्ति संचय

कहाँ तुम्हारा वह उत्साह?
क्यों न नसों में रुधिर-प्रवाह?
हुई निराशा क्यों यह घोर?
उदासीन तुम अपनी ओर।

मन मलीन क्यों? तन है छीन,
इसीलिए हिंदू, तुम हीन।
मातृभूमि की रज में लोट—
बनो बली फिर कस लँगोट।

गुड़ें अखाड़े दोनों काल,
जुड़ें जहाँ माई के लाल।
करें वीर-वर्धक व्यायाम,
वीर-विनोदी हैं जो काम।

बहे वहाँ जब तन का स्वेद,
रहे कहाँ तब मन का खेद।
होने पर निज गृह संपन्न,
न हो भला क्यों गृही प्रसन्न?

निज समाज के प्रहरीरूप
रहो, सहो सरदी या धूप।
सकें लुटेरे लाज न लूट,
कुल–गौरव गढ़ रहे अटूट।

दुर्बल का कब तक है क्षेम,
उसपर कौन करेगा प्रेम?
दया भले कोई कर जाए,
किंतु जगत् है निर्दय हाय!

सबलों को ही मैत्री–मान
मिलता है सर्वत्र समान।
जिनमें होता है कुछ सार,
यहाँ उन्हीं के हैं अधिकार।

□

अप्रमाद

पर होने पावे न प्रमाद,
रखो इसे बराबर याद!
न हो व्यर्थ बाधक निज शक्ति
रहे सदा साधक निज शक्ति।

पाकर हिंदू बल का योग,
करें सभी मधुफल का भोग।
मुसलमान हों या क्रिस्तान,
उसका करें सहर्ष बखान।

□

जातीय पर्वोत्सव

निज जातीयोत्सव, व्रत, पर्व,
मिलकर सदा मनाओ सर्व।
किसके हैं इतने त्योहार,
जिनसे हों विशुद्ध व्यवहार?

ग्राम-नगर सुख-साधन-हेतु,
निर्जन वन आराधन-हेतु।
नित्य भंग हो जिनकी शांति,
पाएँ वे मन में विश्रांति।

□

होली

अविश्वास, ईर्ष्या, अन्याय,
जलती होली में जल जाए।
उड़े आसुरी बल की राख,
फले सत्याग्रह की साख।

जिए प्रेमरूपी प्रह्लाद,
गूँजे नर-हरि[1] का जयनाद।
भाई से भाई मिल जाए,
हाँ फुलवारी-सी खिल जाए।

उड़े गुलाल, ऐक्य आ जाए
फिर अपनी लाली छा जाए।
एक स्वर से हो यह गान—
"जय हिंदू जय हिंदुस्तान!"

खेलो खुलकर सरस बसंत,
हो जावे अवनति का अंत।
रूखेपन के सूखे पत्र
अपने आप झड़ें सर्वत्र।

---

1. नरसिंह।

नवस्फूर्ति की नई बयार,
नव्यांकुर[1] भव्याविष्कार।
पूर्णप्रकृति, पूरे उद्योग,
पावें सब रसाल फल भोग।

□

1. नए अंकुरों के समान भव्याविष्कार हों।

संवत्सर

नव युग, नव संवत के संग
आवे, लावे नई उमंग।
हो नूतन आशा, उत्साह,
रुके न निज विक्रम की राह।

गिरें गरज सुनकर वे भ्रूण[1]
जो देशद्रोही शक-हूण।
राजसभा के नव-नव रत्न,
दिखलावें पथ सजग, सयत्न।

□

1. गर्भ।

रामनवमी

रामजन्म का उत्सव योग,
मेटे जीवन के सब रोग।
मनुजचरित के सारे अंग—
मिलें हमें एकत्र अभंग।

आदिकाव्य का हो रस-पान,
रामचरितमानस में स्नान।
हो रमणीय राम का ध्यान,
गौरव और गुणों का ज्ञान।

कि 'स्वदेशस्य हिताय'[1] सहर्ष,
करें सभी कुछ हम प्रतिवर्ष।
मिटे ताड़का त्रुटि का त्रास,
यज्ञ-पूर्ति का हो विश्वास।

भय न रहे विघ्नों के बीच,
उड़े नीचता का मारीच।
टूटे कुग्रह- केतु- सुबाहु,
छँटे निज कुल-रवि का राहु।

---

1. स्वदेश के लिए। (बाल्मीकि रामायण से)

कठिन पिनाक[1]-रूप प्रण पाल
ग्रीवा में जय माला डाल,
सब साम्राज्यों में उत्कर्ष
पावे अपना भारतवर्ष।

स्वजन परिजनों की अनुरक्ति,
पितृप्रेम भ्राता की भक्ति,
पातिव्रत पत्नीव्रत पूत,
धाम-धाम में हों उद्भूत।

□

1. शिव का धनुष।

अतखी

अतखी अथवा आखातीज,
कलियुग में सतयुग का बीज।
फैलाओ वह पुण्य-प्रताप,
मिटें आप ही सारे पाप।

□

गंगदसहरा

गंगदसहरा उसके बाद,
करो भगीरथ तप की याद।
बहे प्रेम की वह ध्रुवधार,
हो हिंदू-कुल का उद्धार।

□

श्रावणी

वह श्रावण, वह रक्षाबंध,
फैले नव-गौरव का गंध।
बढ़े मेल, श्रद्धा-संबंध।
सबकुछ झेल सकें ये स्कंध।

भागें भय-बाधाएँ दूर,
कर न सके कुछ कोई क्रूर।
सुनकर अपना प्रेमालाप।
गूँज गगन गद्गद हो आप।

□

जन्माष्टमी

आवे कृष्ण–जन्म की रात,
जागे हिंदू–प्रभा–प्रभात।
छवि की पूर्ण छटा छा जाए।
सुंदर श्याम घटा छा जाए।

जितने भी रज[1] हों घुल जाएँ,
माता के बंधन खुल जाएँ।
पापों के प्रहरी सो जाएँ,
कारागृह मंदिर हो जाएँ।

छा जावे गोकुल में हर्ष,
दहले दुरित[2] 'दैत्य' दुर्धर्ष।
कुटिल नीतिमय कल्मष[3] कंस,
हो जावे ससैन्य विध्वंस।

माखन मिश्री, मोहनभोग,
आवे सबका ऐसा योग।
सजें यशोदा माँएँ थाल,
जीमें बालरूप गोपाल।

---

1. धूलि, पाप।
2. पाप।
3. पाप।

बजे चैन की वंशी ऐन,
कर दें हमें वही बेचैन।
खिले भक्ति की करुण विलाप,
प्रकृति पुरुष का मिले मिलाप।

भव्य भागवत का हो पाठ,
देखो ज्ञान ध्यान का ठाठ।
गीता करे मोह का नाश,
योगत्रय का भरे प्रकाश।

भय छोड़ो हिंदू-संतान,
अभय दे रहे हैं भगवान।
सुनो सहर्ष सुनो श्रुति खोल,
उनकी वह वाणी अनमोल—

"छोड़ अन्य सब धर्म विवेक,
मेरा शरणागत हो एक!
शोच न कर, हरकर सब पाप,
तुझे मुक्ति दूँगा मैं आप!"

□

नवरात्र

न हो हिंदुओ, न हो निराश,
तुम्हें अभय से कब अवकाश।
प्रस्तुत हो पूजा का पात्र,
देखो आ पहुँचा नवरात्र।

तुम में भी है नवधाभक्ति,
देगी माँ तुमको नवशक्ति।
असुर-मोहिनी का आह्वान,
और करो निज धर्म-ध्यान[1]।

फूटें वे कल्मष के कुंभ,
रक्तबीज या शुंभ निशुंभ।
मातृभूमि की वेदी मान,
करो धर्म-संगत बलिदान।

क्षुद्र मेष[2] अथवा वे छाग,
सिद्ध नहीं कर सकते याग।
करो, करो कुछ आत्मत्याग,
जिस पर है माँ का अनुराग।

---

1. शब्द, ध्वनि।
2. भेड़, मेंढ़ा।

पीकर उसका अमृत-स्तन्य[1]।
तुम न मरोगे, होगे धन्य।
वह यश कौन सकेगा रोक,
जैसा है यह चंद्रालोक?

□

1. दूध।

विजयादशमी

उठो विजय यात्रा के हेतु,
बँधे विघ्न-वारिधि का सेतु।
विजयादशमी* का यह काम,
हमको मिलें हमारे राम।

हो सतीत्व-सीता का त्राण,
पुलकित हों फिर अपने प्राण।
जमें यमदिशा[1] में भी धाक,
कटे वासना की वह नाक।

अपने व्यवहारों से दक्ष
वानर भी हों नर समकक्ष।
पापों की लंका ढा जाए,
घर-घर अवधपुरी छा जाए।

हो फिर भ्राता-भरत-मिलाप,
मेटे राम-राज्य सब पाप।

*देख जगत् को जर्जर जीर्ण;
हुए आज ही थे अवतीर्ण।
विश्ववंद्य विज्ञान-निधान
श्रीसिद्धार्थ बुद्ध भगवान।

□

1. दक्षिण।

दीवाली

रहे हर्ष का ओर न छोर,
दीपावली जगे सब ओर।
रत्नहार पहने निज देश,
त्यागे जीर्ण मलिन यह वेश।

कुल-लक्ष्मी को पूज प्रसन्न
हो धन-धान्य-धर्म-संपन्न।
हाँ, प्राणों का पण[1] लग जाए,
इस रज का कण-कण जग जाए।

एक क्षण में भय भग जाए,
जीवन-रण में जय जग जाए।
हुए इसी दिन थे उद्भूत;
—भागें जिनसे भय के भूत—

आंजनेय[2], 'अतुलित बलधाम',
जिनके रोम-रोम में राम।
धर्म भक्ति का हो निर्वाह,
हो शंका लंका का दाह।

---

1. बाजी।
2. हनुमान।

महावीर-दल का जय-नाद,
दूर करे भय-विषद-विषाद।
देकर भव को भावुक प्राण,
लेकर आप अटल निर्वाण।

हुए आज ही थे अशरीर,
महावीर तीर्थंकर धीर।
अतुल अहिंसा के आचार,
पाकर धन्य हुआ संसार।

किंतु समझ अब तक वह तत्त्व,
पा न सका हा! प्रकृत महत्त्व।
युग-युग के अक्षय अविराम,
पाप-पुण्य का है संग्राम।

किंतु बंधुगण, न हो सशंक,
सूखेंगे आखिर सब पंक[1]।
सिद्ध हो चुका है यह मर्म—
जय है वहीं जहाँ है धर्म।

अपना धर्म यहाँ तक ध्येय—
कि है निधन[2] भी उसमें श्रेय।
हे अपार हिंदू-संसार,
तेरा एक-एक तिथि-वार!

---

1. कीच, पाप।
2. मरण।

रखता है सौ-सौ इतिहास,
उद्यत हो तू, न हो उदास।
हुए सिद्धजन यहाँ अनंत—
कृती, व्रती विजयी, बुध संत।

तिथियों, जयंतियों की गोद
हमें पालती रहे समोद।

□

युवकों के प्रति

हिंदू-युवक, उठो तुम आज—
रखो निज समाज की लाज।
हो तुम पर विभु की वर-वृष्टि;
लगी तुम्हीं पर आशा-दृष्टि।

अपना गौरव, अपनी ख्याति,
भूल गई है हिंदू जाति।
उसे दिलाओ उसकी याद,
मेटो उसका महा प्रमाद।

शाला और सभाएँ खोल,
तथा कथा-कीर्तन अनमोल,
कर-करके तुम बारंबार,
हिंदूपन का करो प्रचार।

जागे हिंदू में हिंदुत्व,
यही सिंधु का है बिंदुत्व।
क्षेत्र बना है, बो दो बीज,
कभी न होगी उसकी छीज।

□

गाँवों का सुधार

करके शिक्षा-कार्य समाप्त,
विद्यालय की पदवी प्राप्त,
फिर तुम ग्रामों में कर वास
ग्रामीणों का करो विकास।

शुद्ध सरल जीवन के साथ
रखो उनपर अपना हाथ।
उनपर—उपजाकर भी अन्न—
रहते हैं, जो स्वयं विपन्न!

करते हैं श्रम वे जी तोड़,
मरते हैं फिर भी ऋण छोड़!
बतलाओ कुछ उन्हें उपाय,
बढ़ा सकें वे अपनी आय।

संक्रामक रोगों की छूत
(जिसे समझते हैं वे भूत)
कर न सके उनका अपघात,
उन्हें बताओ उसकी बात।

साधारण रोगों को रोग
नहीं मानते हैं वे लोग।
मिथ्या विश्वासों के ग्रास—
बने, भोगते हैं बहु त्रास।

देखो दृश्य करुण-वीभत्स,
मरते हैं उनके बहु वत्स।
छुरे काटते हैं जो नार,
होते हैं बहुधा सविकार।

उनका विष, शोणित के संग,
(जैसे दंशन करे भुजंग)
होकर सब शरीर में व्याप्त,
कर देता है उन्हें समाप्त!

कौन कहे, कैसे गुणपाल
होते उनमें कितने बाल?
हाय! हमारे कितने लाल
लूट रहा है काल-अकाल!

दो जाकर तुम उन्हें प्रबोध;
करो न उन पर घृणा न क्रोध।
उनमें हैं श्रद्धा के भाव,
पालेंगे वे सब प्रस्ताव।

दो उनको साहस, विश्वास,
लें निर्भर होकर निश्श्वास।
पाकर तुमको अपने बीच,
समझें वे न आपको नीच।

उन पर कोई, किसी प्रकार,
कर न सके अब अत्याचार।
समझें वे अपने अधिकार,
और करें अपना उद्धार।

फूलो तुम गाँवों में फैल;
धन तो है इस तन का मैल।
होंगे तुम्हीं वहाँ पर व्यक्ति;
सभी करेंगे सेवा-भक्ति।

पाकर तुम जैसा अवलंब,
उभरेंगे वे बिना विलंब।
पाकर शुचि भोजन, शुचि वायु,
पाओगे तुम भी दीर्घायु।

उनके साथ, उन्हीं में पैठ,
ऊँची चौपालों पर बैठ,
देश-विदेशों के संवाद,
उन्हें सुनाओ—हरो प्रमाद।

खेतों की मेंड़ों के मंच,
तुम्हें संकुचित करें न रंच।
वहाँ तुम्हारे हों व्याख्यान,
बढ़े निरंतर उनका ज्ञान।

करो कला-कौशल-विस्तार,
जिससे हो उनका निस्तार।
मिले उन्हें शिक्षा सर्वत्र,
तुम हो उनके छाया-क्षत्र।

तुम्हें स्वरक्षक, शिक्षक जान,
दे न सकेंगे वे प्रतिदान।
किंतु असीसेंगे जी खोल;
होगा वह कितना अनमोल!

उनके बच्चे करके होड़,
पेड़ों पर चढ़-चढ़ फल तोड़,
देंगे जो तुमको उपहार,
होंगे वे मानो फल चार!

अपना राष्ट्र जाति निज जीर्ण
है ग्रामों में ही विस्तीर्ण।
जाकर वहाँ जलद-सम आप
मेटो तुम उसका उत्ताप।

होगा तुमको कितना पुण्य?
सफल करो अपना नैपुण्य।
पाओगे मन का संतोष,
लुटें कि जिस पर धन के कोष!

करके थोड़े में निर्वाह,
छोड़ो बहु वेतन की चाह।
करना है यदि देशोद्धार,
तो कुछ त्याग करो स्वीकार।

धन है क्या जन से भी श्रेष्ठ?
मान और मन से भी श्रेष्ठ?
वह है दान-भोग के योग्य,
बनो न उलटे उसके भोग्य।

'अधम चाकरी' में हो लीन,
कैसे तुम होगे स्वाधीन?
'उत्तम खेती' करो सहर्ष,
पाओगे आयोचित उत्कर्ष।

खेती से सबका निर्बाह,
उसमें नहीं किसी की आह।
उलटा सबका सामंजस्य,
साम्य-भाव का भरा रहस्य।

अन्न-वस्त्र से ही निज ग्राम,
हो निश्चिंत न लें विश्राम।
आवश्यक साधन सब अन्य,
स्वयं सिद्ध करके हों धन्य।

स्वावलंब ही तो है स्वर्ग,
उस पर सबकुछ हो उत्सर्ग।
अपना ग्राम ग्राम हे राम,
हो ज्यों एक-एक सुखधाम।

हिंदू, सफल करो यह लक्ष,
फिर सतयुग आ जाए समक्ष।
हों या न हों आज के यंत्र,
होंगे तुम संपूर्ण स्वतंत्र!

□

पराया मोह

औरों की आशा है त्याज्य,
जहाँ नहीं वह वहीं स्वराज्य।
दे, बस तुम्हें तुम्हारा देश
आवश्यक उपकरण अशेष।

है आदान एक अपमान,
कर न सकें यदि हम प्रतिदान।
रखोगे तुम किस पर भार?
ऋणी तुम्हारा है संसार।

करके अर्थ-धर्म की सिद्धि,
काम-रूप निज कुल की वृद्धि।
करो मुक्ति-साधन तुम सभ्य,
कम से कुछ भी नहीं अलभ्य।

दया करो अपने पर आप,
न लो पूर्वजों का अभिशाप।
बना बनाया है पथ पूत,
तुम चलकर ही बनो सपूत।

छोड़ो अब भी यह आलस्य,
जीवित ही मृत न हो वयस्य।
उठो, सँभालो अपना वेश,
देखो घर कि रहा क्या शेष?

जो है वह भी अस्त-व्यस्त,
करो उसे फिर तुम विन्यस्त[1]।
और न होने दो निज हानि,
मेटो अब तक की सब ग्लानि।

देख रहे हो किसकी राह?
नहीं समझते हो तुम, आह!
जो न करेगा आप उपाय,
होगा उनका कौन सहाय?

औरों की बातों में लीन,
मत समझो अपने को हीन।
उनकी चित्रसारियाँ लक्ष
हों अब भी निज गुफा[2] समक्ष!

विभु का विशेषत्व सब ओर,
उसका कोई ओर न छोर।
पर यह उसकी लीला-भूमि,
है विशेष गुण-शीला भूमि।

---

1. सुस्थापित, सज्जित।
2. अजंता से अभिप्राय है।

बहुरत्ना वसुमती विशाल,
सभी वही माई के लाल।
देखो सबकी झलक अमंद,
किंतु पलक निज करो न बंद।

आदर्शों की ही निज जाति,
ज्यों मुक्ताजननी है स्वाति।
पुरुषोत्तम ही अपने ध्येय,
जो अमरों को भी अज्ञेय।

जगती भर में सबसे ज्येष्ठ
रहे तुम्हारे पूर्वज श्रेष्ठ।
अब भी कहाँ मिलेगा अन्य
गाँधी तुल्य धीर कुल-धन्य?

पश्चिम के वे आविष्कार
कर बैठे कितना संहार?
किसका वह वैज्ञानिक धन्य
देखे जो जड़ में चैतन्य?

भूल गए तुम अपना योग
जिसके निकट भोग हैं रोग।
अब भी दो यदि उस पर ध्यान
तो पाओ बहु रवि-विज्ञान।

सब है तुममें अतुल अटूट,
किंतु साथ ही है वह फूट।
और नीति अब की है कूट,
इसलिए है यह सब लूट!

□

संघ शक्ति

करो संघटन, पालो पक्ष,
स्वयं प्राप्त हो लक्ष समक्ष।
तोड़ा चाहो कलियुग-जंघ
तो हो बली, बनाओ संघ।

पाओ, तन-मन का आरोग्य,
आओ हो जाओ इस योग्य।
तुम पर हो जिसका जो भाव
उससे करो वही बरताव।

□

चातुर्वर्ण्य

अपना चातुर्वर्ण्य विधान,
है गुण-कर्म-स्वभाव-प्रधान।
छोड़ो ऊँच-नीच का दंभ,
सम है हम सबका आरंभ।

वह विराट् है एक उदार
जिससे जनमे हैं हम चार।
कौन अंग है उसका हेय?
प्रथम चरण ही प्रभु के ध्येय।

सभी जन्म से शिशु सुकुमार;
फिर गुण, कर्म, प्रकृति, संस्कार।
इन चारों के ही अनुसार
वर्णों के हैं चार प्रकार।

मन से और वचन से एक,
जन-सेवा जीवन से एक,
अन्न उपार्जन, धन से एक
करें यथोचित तन से एक।

ये चारों ही मान्य समान,
हो समाज में सबका मान।
तभी हमारी होगी वृद्धि,
और देश की सिद्धि-समृद्धि।

यहाँ जातिगत होकर कर्म
बनें और बढ़कर थे धर्म।
पाकर परंपरा का पर्व
सहज-सुसाध्य हुए थे सर्व।

पर हम निकले ऐसे भ्रष्ट—
किया सभी कुछ अपना नष्ट।
फिर भी शुल्क जाति अभिमान—
करते हैं निर्लज्ज-समान!

आज द्विजत्व कहाँ निज हाय!
हम सब हैं बस, वृषलप्राय[1]।
या तो भिक्षुक हैं या भृत्य,
भूल गए हैं कृत्याकृत्य!

कोई आज जनेऊ डाल—
बन जावे जो चाहे हाल।
बना यहाँ वह उलटा पाश—
हे आयुर्बलतेजोनाश!

जिस तिस को ब्राह्मण कर आज
तुम न बढ़ाओ नष्ट समाज।
करो, चाहते हो यदि सिद्धि,
सच्चे ब्राह्मणत्व की वृद्धि।

□

1. कुकर्मी और पापी के समान

मत-स्वातंत्र्य

व्यापकता से होकर भ्रष्ट,
न हो संकुचितता में नष्ट।
वर्ण भेद का अनुचित भाव
करे न हिंदूपन पर घाव।

पक्षपात है न्याय-विरुद्ध,
दलबंदी है घर का युद्ध।
प्रतिनिधि-निर्वाचन का कार्य
दे तुमको साहस, औदार्य।

दूध-दुहाई और दबाव,
कभी न अपने मन में लाव।
तभी तुम्हारे मत की मुक्ति,
वह अन्यथा अन्य की उक्ति।

अपनों का भी अंध चुनाव,
है मकड़ी का जाल बुनाव।
उससे क्या होगा उद्धार?
उलटा बंधन है तैयार।

रह न जाए वह जन उपयुक्त,
न हो तुम्हारा जो कुलभुक्त।
मतदाता माली अनुकूल,
चुन लें काँटों में भी फूल।

□

अपनों का अनादर

हिंदू, न हो आप अनुदार,
छोड़ो वे संकीर्ण विचार।
किया तुम्हीं ने जगदुपकार,
करो आज अपना उद्धार।

अपनों पर अपनों की ग्लानि,
करती है यह किसकी हानि?
अपना एक बड़ा समुदाय
है बन रहा विधर्मी हाय।

□

प्रतिकार

हमें बनाने को बेधर्म—
होते हैं कैसे क्या कर्म?
करके उनका उचित विचार,
करो यत्नपूर्वक प्रतिकार।

जागो, त्यागो मोह-प्रमाद,
लो घर-बाहर के संवाद,
देकर अन्य राज्य बहु ऋद्धि,
करते हैं अपनों की वृद्धि।

किंतु हमारा ही जब ह्रास,
तब क्यों उपजे हमें न त्रास।
हिंदूराज्य हरें यह भीति,
समुचित है संरक्षण नीति।

जो आघात वही प्रतिघात,
यह तो स्वाभाविक बात।
हिंदू, सजग रहो, सब ओर—
लगे धर्म-धन के हैं चोर।

□

विधर्म

किसमें यह साहस, यह शक्ति,
हमें सिखावे श्रद्धा-भक्ति,
और दिखावे सच्चा धर्म,
जो है हिंदू का कुल-कर्म?

ईसा महापुरुष हैं मान्य,
क्षमापूर्ति, व्रतवीर वदान्य[1]।
धर्म विषय में वही सुपात्र,
हैं इस भारत के ही छात्र।

फिर भी हा! यह कैसी लाज
हिंदू ईसाई हों आज!
घर की घृणा और यह पेट,
उभय ओर है चोट-चपेट।

इसलिए हिंदू संतान,
आज अधिकतर हैं क्रस्तान।
इसलिए निज धर्म विहाय,
हिंदू मुसलमान हैं हाय!

---

1. संतोषी

सरल रसूल नबी का धर्म,
रखता हो चाहे जो मर्म।
दीख पड़ा दृढ़ता के साथ,
खुला खंग ही उसके हाथ!

"देकर औरों को तुम आप—
मुझे दिलाओगे अभिशाप।"
अपनों से जो बारंबार,
यह कह गया पुकार-पुकार।

देकर उस रसूल को शाप
ले सकते हैं क्या हम पाप?
साधुवाद उसको शत वार
पर हा! यह कैसा व्यापार—

गए खंग के दिन जब दूर,
तब अब उसी धर्म के शूर;
ले रंडी-भड़ुओं की फौज
लेने चलें विजय की मौज!

पशुबल बहा, बहा, बह जाए;
केवल छल-कौशल रह जाए।
हे रसूल, हे पाक रसूल!
सच था तेरा शंका-शूल।

पालें हम सबकुछ आचार,
पर हैं आदत के लाचार।
पाकर तो भी तुझ सा छत्र
हुए क्रूर-कलही एकत्र!

बाजीगर का है यह काम,
उसे रीछ भी करें सलाम।
दिया गया तू वही जमाल,
वहशी[1] बंदे बनें कमाल!

आ, फिर इन्हें दिखा तू राह,
पर तू तो अंतिम था आह!
तो अब इनके लिए उपाय?
बस ईश्वर ही करे सहाय।

पुण्य पाप को लेकर साथ,
हो सकता है कभी सनाथ?
अपने बल से आप विशाल
रहता है सुधर्म सब काल।

फिर भी, फिर भी, हा हत भाग्य,
हमें धर्म से है वैराग्य!
क्या है इसका सरल निदान,
"सबसे कठिन जाति अपमान!"

□

1. 'चलन जितने उनके थे सब बहशियाना फसादों में कटता था उनका जमाना।

जाति बहिष्कार

हे हिंदू-समाज, उठ जाग,
लगी हुई है घर में आग।
मची हुई है कुल की लूट,
गई हिये की भी क्या फूट?

रहा कहीं ऐसा ही हाल
तो समीप है तेरा काल!
उठ, अब भी कह दे तू स्पष्ट—
हुए, न होंगे हिंदू नष्ट।

रीत रहा जो तेरा कोष
इसमें है तेरा ही दोष।
व्यय है जहाँ नहीं है आय
कब तक वहाँ कुशल है हाय?

तू अपना धन हटा न और,
अब अपना तन कटा न और।
कर निज पतितों का उद्धार,
और खोल दे उनके द्वार।

हिंदू-कुल का संकट काल
आपद्धर्म पालकर टाल।
हो सकती है सबसे भूल,
न दे व्यवस्थाएँ प्रतिकूल।

राम-कृष्ण के पावन नाम,
गंगा-तुलसी, शालिग्राम,
किन पतितों को, सोचो मित्र!
कर सकते हैं नहीं पवित्र?

पतितों के ही त्राण-निमित्त,
कहे गए हैं प्रायश्चित्त।
जगती में जब तक है बुद्धि
नहीं बेतुकी तब तक शुद्धि!

भूले-भटके भाई-बंद
जो आवें, आवें सानंद।
उन्हें सँभालो, दो साहाय्य;
न्यायी बनो यही है न्याय्य।

भूल न जाओ, बिना समष्टि[1]
रही, न रह सकती है व्यष्टि[2]।
तुम न उन्हें दोगे अवकाश
तो लेंगे अन्यत्र निराश।

1. समग्रता, समाज।
2. एक-एक, व्यक्ति।

ऐसे और बहुत तैयार,
करें उन्हें जो अंगीकार।
अपनों को पर करो न और,
जो जड़ जाएँ दूसरी ठौर।

होते हैं निज जब पर—दूर,
बनते हैं अरि से भी क्रूर।
वृक्षों को वह बेंट कठोर,
है कुठार से भी अति घोर!

किया गया जब जाति-भ्रष्ट,
विप्र बृहस्पति पाकर कष्ट,
कोई और उपाय न ताक,
बना भयंकर था चर्वाक।

इसी लोक में सबकुछ जान,
मरणोत्तर कुछ और न मान
ऋण लेकर, खाकर घी-खाँड़,
बना फिरा जीवन भर साँड़।

सह न सका वह दारुण दंड,
स्वेच्छाचारी बना प्रचंड।
हुआ भले ही 'भस्मीभूत'
किंतु छोड़कर निज मत-दूत!

सह लें हम स्वजनों की मार,
रहता है उसमें भी प्यार।
किंतु घृणामय उनका भाव,
कर देता है दुस्सह घाव।

त्याग रहे अपनों को आज
कैसे रखोगे तुम लाज?
दुष्कुल से भी रमणीरत्न,
लेते थे तुम स्वयं सयत्न।

बनो गुणग्राहक तुम लोग,
निकल न जावे कहीं सुयोग।
जो पर हैं, अपने हो जाएँ,
न कि उलटे अपने खो जाएँ।

शुद्धि, किंतु अपनी भी संग,
त्याज्य गलित अपना भी अंग।
विजातीय विज्ञ वदान्य
समझो सजातीय सम मान्य।

हिंदू मुसलमान क्रिस्तान
परमपिता की सब संतान।
सभी बंधु हैं लघु या ज्येष्ठ,
मत से मनुष्यत्व है श्रेष्ठ।

लिखी नहीं माथे पर जाति
गुण-कर्मों से उसकी ज्ञाति।
सबके दो पद हैं दो हस्त,
सजातीय हैं मनुज समस्त।

आब[1] निम्नगामी है आप,
पर उसको भी तपः[2]-प्रताप
कर देता है उच्च उदार,
और नहीं रहता फिर क्षार।

है उत्थान पतन सर्वत्र;
हम सब कर्म-पवन के पत्र।
किंतु नीच उठ सकें न यत्र
होंगे पतित उच्च भी तत्र।

□

1. जल।
2. तपस्या और ग्रीष्म।

अछूतों का उद्धार

रहो न हे हिंदू, संकीर्ण,
न हो स्वयं ही जर्जर-जीर्ण।
बढ़ो, बढ़ाओ अपनी बाँह,
करो अछूत जनों पर छाँह।

हैं समाज के वही सपूत,
रखते हैं जो सबको पूत।
क्यों अछूत जन हुए अछूत?
उनको लगी हमारी छूत।

है समाज-शिशु की जो धाय,
उस संस्था पर यह अन्याय!
कि हो देव-दर्शन तक बंद!
रहा न ईश्वर भी स्वच्छंद?

फिर हम कैसे हों स्वाधीन?
न हो भला क्यों दुर्बल-दीन?
हम पर ईश्वर की फटकार!
रोका हमने उसका द्वार!

परम भागवत ऊँचे आर्य
कहते हैं अपने आचार्य—
"जाति-पाँति पूछे नहिं कोय,
हरि को भजै सौ हरि को होय।"

जपते हो हिंदू, जो माल
भूल गए क्या उसका हाल?
देखो गुर्रियों का इतिहास,
मिलें कबीर, सदन, रैदास।

अपने विभु के बाहु विशाल,
शबरी हो या गुह चांडाल।
सोख सूर्य-सम सारे पंक,
भर लेते हैं उसको अंक।

अंत समय कह कहीं हराम!
होने से उसमें भी राम,
गया म्लेच्छ था जिनके धाम,
उन प्रभु को सप्रेम प्रणाम।

शुचि होते हैं श्वपच किरात
यथा आर्यगण गंगास्नात[1]।
करके जिन चरणों का ध्यान
दें वे हमें सत्त्व-गुण-ज्ञान।

---

1. स्नान किए हुए।

कुत्ते-बिल्ली से भी दूर
रखे अपनों को जो क्रूर
क्या अचरज यदि उनको अन्य
समझें घृण्य, असभ्य, जघन्य।

क्यों अछूत हैं आज अछूत?
वे हैं हिंदूकुल-सम्भूत[1]!
गाते हैं श्री हरि का नाम!
आते हैं हम सबके काम?

बनें विधर्मी वे अनजान,
मुसलमान किंवा क्रिस्तान
तो हो जाते हैं सुस्पृश्य!
हाय दैव, क्या दारुण दृश्य!

रखते हों यदि हम कुछ शर्म
करें न अपनों को वे-धर्म।
धरे रहें सब शिखा कि सूत्र,
जो न हटावें वे मल-मूत्र।

जब अपाप है कर्ता आप,
कोई कर्म नहीं तब पाप।
आप अछूत जनों के कृत्य
करती हैं निज माँएँ नित्य।

---

1. उत्पन्न।

दलित बंधु, शुचिता के दूत,
उठो कि छूमंतर हो छूत।
करो अपूर्व अछूते कर्म,
छू न सके हाँ, तुम्हें विधर्म।

जब तक है सांसारिक दृष्टि
तब तक ऊँच-नीच की सृष्टि,
स्वाभाविक समझो तुम लोग,
ऊँचे बनो, करो उद्योग।

वसुधा भर में हैं वैषम्य
फिर क्या यहाँ नहीं वह क्षम्य?
समता-मूलक है जो ज्ञान
वह भी क्या सर्वत्र समान?

पर इसके कारण क्या हाय!
किया जाए तुम पर अन्याय?
करो समुन्नति का प्रारंभ
मिटे द्विजों का मिथ्या दंभ!

करो हमारा क्यों न विरोध,
पर स्वधर्म पर करो न क्रोध।
करके निज सर्वस्व समाप्ति
होगी भला तुम्हें क्या प्राप्ति?

छू देने से ही प्रिय मित्र,
कोई होता नहीं पवित्र।
करे तुम्हें जो यों उत्कृष्ट
उससे बड़ा कौन है धृष्ट।

रहो स्वच्छता सहित सुदृश्य
मलिन-भाव ही है अस्पृश्य।
ऊँचा लक्ष्य करो तुम विद्ध,
साधन कर हो जाओ सिद्ध।

हिंदू-साधन अक्षय-आप्त[1]
नहीं मृत्यु के संग समाप्त,
वह निज परंपरा के साथ;
न हो निराश, न खींचो हाथ।

जन्म जहाँ चाहे हे दैव,
निज-वश हैं गुण-कर्म सदैव।
पंकज-रूप-रंग या गंध
रखते नहीं पंक-संबंध।

करो अछूतों का उद्धार,
उन्हें सिखाओ शुद्धाचार।
वे समाज के रक्षक अंक,
होने पावे विकृत न भंग।

1. प्रामाणिक

थे वाल्मीकि व्याध विकराल,
मुनि मतंग भी थे चांडाल।
पर तप, त्याग, सुकृत, व्रत साध,
हुए उभय ब्रह्मर्षि अबाध[1]!

ऊँचा कर न सके यदि पुण्य
तो धिक् है उसका वैगुण्य[2]।
तब तो हुआ पाप ही धन्य—
करता तो है पतित जघन्य!

हर्ष-सभा का सभ्य सुजान
जो था वाण-मयूर-समान,
वही दिवाकर था मातंग[3],
देखो मत केवल बहिरंग।

सबके हित विज्ञानादर्श;
पर न घृणा-मय हो अस्पर्श।
धन्य महत्तर[4] पावन[5] धन्य,
जिनसे निर्मल हैं सब अन्य।

अंत्यज वैसे नहीं कठोर
जैसे साह बने वे चोर—
जो कृषकों का सबकुछ मूस
रहे रक्त भी उनका चूस।

---

1. बाधा रहित।
2. गुणहीनता।
3. चांडाल।
4. मेहतर के लिए प्रयुक्त।
5. पवित्र करने वाला।

करते हैं क्षत्रिय आखेट,
भरते हैं आमिष से पेट।
अंत्यज क्या करते हैं और?
मरते हैं निज प्रभु का पौर[1]!

द्विज तो हैं अब याचक मात्र!
बहुत हुए तो पाचक[2] मात्र!
किंतु आज भी करके टाल
धर्म पालते हैं चांडाल।

हम सबका है एक स्वकर्म;
उसमें मरना भी है धर्म।
पालें सब निज-निज कर्तव्य
भरा इसी में भव का भव्य[3]।

निर्गुण भी स्वधर्म आराध्य,
अन्य धर्म दुर्द्धर-दुस्साध्य।
विषप्रयोगी भिषक सदर्प
वरें न गारुड़ीक सम सर्प।

श्वपच नहीं गोपच से हीन,
पर हाँ हिंदू हैं वे दीन!
इसलिए हैं वे अस्पृष्ट
क्योंकि दलित हैं हिंदू धृष्ट!

---

1. बुंदेलखंड में बहुधा डाकुओं के डर से मेहतर पहरेदार बनाकर रखे जाते हैं।
2. रसोइया।
3. कल्याण।

रखें सब निज गौरव गर्व,
मानव ही हैं मानव सर्व।
देकर सबको आदर-दान,
दो निज मनुष्यत्व को मान।

आखिर प्राणिमात्र हैं एक,
विश्रुत हैं यह आर्य-विवेक।
हैं जितने आचार-विचार
उन पर है सबका अधिकार।

□

विजातीय

विजातीय भी मन को शोध
आवें, पावें यहाँ प्रबोध।
हिंदू-धर्म मुक्ति का द्वार,
करे प्रवेश सर्व संसार।

किंतु शुद्धि कैसे वह हाय!
कोई भी ब्राह्मण बन जाए।
हों चाहे गुण-कर्म विरुद्ध।
किंतु हो चुके हैं हम शुद्ध!

तदपि चित्त है चपल नितांत,
सहज नहीं हो सकता शांत।
उसके लिए विशेष प्रयास—
करना होगा बहु अभ्यास।

सच्चे ब्राह्मणत्व का मेल
नहीं हास्य-कौतुक का खेल।
करो ब्रह्म की प्रथम प्रतीति
तब 'ब्रह्मास्मि' कहो तो रीति।

कर सकते हो यदि तुम जाग,
विश्वामित्र तुल्य तप, त्याग।
तो तुम इतर वंश-सम्भूत
बन सकते हो ब्राह्मण पूत।

द्विज-दीक्षा-भाजन तुम तात,
था ज्यों सत्काम अज्ञात—
यदि अपमान-लाज-भय भूल,
सत्य प्रकट कर सको समूल।

यों भिक्षा चाहो सब्याज
तो बन जाओ ब्राह्मण आज।
गया फणी तो मणि के संग,
यह कंचुक ले रहा तरंग।

पालो आर्योचित सद्धर्म,
साधो यथासाध्य शुभ कर्म।
पाओगे उनके अनुसार
तुम समुचित आदर-सत्कार।

ब्राह्मण क्या उनके भी मान्य,
हो सकते हो व्रती वदान्य।
बनकर ज्ञानी-ध्यानी-धीर
हुए न किसके मान्य कबीर?

आज चार्ल्स विलियम डी रेष्ट[1]
करके साधन सजग सचेष्ट,
बनकर शुद्ध सदाशय संत
हुए हमारे मान्य महंत।

---

1. ये एक फ्रेंच सज्जन हैं। बहुत दिनों से हिंदू धर्म में दीक्षित हो चुके हैं। शिमला के एक मंदिर के महंत हैं। नाम है मस्तराम।

वह अमरीकन लेडी एक
पाकर हिंदू-धर्म-'विवेक'
होकर 'निवेदिता'[1] निस्स्वार्थ,
बनी हमारी बहन यथार्थ।

थी द्विजत्व की वहाँ न माँग,
सच्चे भरें भला क्यों स्वाँग?
हुआ जहाँ आत्मा का ज्ञान,
वहाँ और किसका फिर ध्यान?

थी मिस स्लेड[2] सुधीरा अन्य,
बनी हमारी मीरा धन्य।
'सात समुद्रों' का व्यवधान
भागा दूर पराया मान।

मुसलमान रसखान-समान,
कर निज 'ब्रज गोकल'[3] का गान,
अब भी द्वार खुला है, आएँ
'कोटिन हिंदू'[4] वारे जाएँ।

हममें शुद्ध हुओं का स्थान,
रखें अपना-उनका-मान।
सोचे बिना, विषम-पद-दान
बन जाता है विपद-निदान।

---

1. स्वर्गीय भगिनी निवेदिता को स्वामी विवेकानंद ने हिंदू धर्म की दीक्षा दी थी।
2. कुमारी स्लेड फ्रांस के एक सेनापति की पुत्री हैं। वे महात्मा गाँधी की शिष्या होकर सत्याग्रह आश्रम में रहती हैं। उनका हिंदू नाम मीराबाई है।
3. मानुष हों तो वही रसखान, बसों ब्रज गोकुल गाँव के ग्वारन।—रसखान।
4. इन मुसलमान हरि-जनन पर कोटिन हिंदू बारिये।—हरिश्चंद्र।

कोई कुल हो, कोई देश,
कहीं तुम्हारा रहे निवेश[1],
कर सकते हो तुम स्वीकार,
हिंदू धर्माचार विचार।

एक नियम है केवल एक,
रखो तुम कुछ क्यों न विवेक।
रुचे तुम्हें वह संस्कृति-मात्र,
तो तुम हिंदूपन के पात्र।

आदर्शों से हो अनुराग,
और तुम्हें रुचता हो त्याग।
तो हिंदू चरित्र निष्पाप,
द्रवीभूत[2] कर देंगे आप।

□

1. घर।
2. मुग्ध, विचलित, पानी-पानी।

धर्मानुशासन

हिंदू-धर्म कि मानव-धर्म
है अभिन्न दोनों का मर्म।
उसका शासन सुनो सहर्ष—
जियो कर्म करके सौ वर्ष।

कर्म-संभवा सिद्धि सदैव,
अपना पूर्व-कर्म ही दैव।
सुनो, कर्म कौशल ही योग,
भोगो अनासक्त सब भोग।

करो न औरों के प्रति भूल,
समझो जो अपने प्रतिकूल।
समझो स्वात्मा सी सब सृष्टि,
रक्खो सब पर सौहृद[1] दृष्टि।

हमें हमारा धर्म विशाल
आर्य बनाता है चिरकाल;
और बताता है यह कार्य,
कि हम बना लें सबको आर्य।

---

1. मित्रता, बंधुता।

प्राप्त करें जो कुछ हम लोग,
करें न एकाकी उपभोग।
दें औरों को भी सहयोग,
वे भी प्राप्त करें वह भोग।

जागो और उठो अनिवार्य
साधो आर्योचित सत्कार्य।
होगा वह अवश्य संपन्न,
यह निश्चय कर रहो प्रसन्न।

आर्य-धर्म-गत विश्वप्रेम।
नहीं चाहता किसका क्षेम?
हैं जितने जड़-चेतन जंतु
निखिल निरामय सुखी भवन्तु[1]।

पाकर आर्य-देव पितृ-पर्व[2]।
दैत्य, नाग, राक्षस तक सर्व,
पाते हैं हमसे परितोष;
उठता है 'तृप्यन्ताम्' घोष।

हिंदू नहीं चाहते स्वर्ग,
नहीं चाहते वे अपवर्ग।
करें दुःख-तप्तों का त्राण,
यही चाहते उनके प्राण।

□

1. सब नीरोग और सुखी हों।
2. पित्र पक्ष से अभिप्राय है।

‘तस्य तुष्यति केशवः’

परपीड़न से विरत वियुक्त,
सर्वभूत हित निरत नियुक्त,
देता है सबको सम भाग,
सफल उसी का जीवन–याग।

पड़ने पर भी संकट कष्ट
होने दे जो धैर्य न नष्ट,
और न दे प्रभु को जो दोष
पाता है वह हरि–परितोष।

सुनें प्रेम से जो सब धर्म,
सोचे–समझे सबका मर्म,
सब देवों को करे प्रणाम
उस पर रीझे रक्खे राम।

साधे सबका योगक्षेम
पाले प्राणिमात्र का प्रेम,
जित क्रोध जो है अनसूय
समझे उसे भागवत तभूय।

□

सहायता

जो जन हों असहाय अनाथ,
रक्खो उनके सिर पर हाथ।
शिक्षित बनें अकिंचन बाल,
निकलें वे गुदड़ी के लाल।

□

स्वावलंब

बढ़ें घरेलू बहु व्यवसाय,
जिनसे स्वावलंब आ जाए।
हो स्वतंत्र जीवन-निर्वाह,
रहे किसी को आह न डाह।

कत जावे घर में ही सूत,
लगे न लंकासुर[1] की छूत।
घर की चादर हो तैयार,
न हो किसी पर लज्जा-भार।

घर-घर हो नव-कला-प्रचार,
मिटे कलह—कुल का संहार।
चले न कहीं छुरी-तलवार,
रुकें न सुई-सलाई हार।

उठें न दंड कहीं बल-दृप्त[2],
उठें लेखनी-तूली तृप्त।
गूँजें घर-घर हरि-गुण-गीत
हो हिंदू-जीवन की जीत।

---

1. लंकाशायर का हिंदी संस्करण।
2. गर्वित।

निज वसुधा पर सभी पदार्थ,
सारे अर्थ और परमार्थ
बनकर कर्मठ, वीर, वदान्य
प्राप्त करो तुम सब धन-धान्य।

□

कृषि सुधार

जब तक तुम हो मेधाधीन
तब तक हो कृषि में भी दीन।
प्रकृति क्यों न अपनी हो आप
उसके भी वश होना पाप!

कभी तुम्हीं थे ऐसे धन्य
परिजन थे मानो पर्जन्य[1]।
करके एक वर्ष कृषि-कर्म
खा सकते थे तुम दस वर्ष।

आज स्वयं भूखी है भूमि,
नीरस है रूखी है भूमि।
सार-हीन है उसका गात्र,
काम नहीं देगा जल मात्र!

अब भी हो तुम कृषि प्रधान,
गोबर का तो रक्खो ज्ञान!
हुए हाय! तुम ऐसे हीन!
खाईं बेच हड्डियाँ बीन!

---

1. मेघ।

जितने द्रव्य और हैं अन्न
सब धरती ही से उत्पन्न,
कृषि-सुधार में करो प्रयत्न,
उपजें अन्न-तुल्य ही रत्न!

और करो गोवंश सुधार,
बहे अटूट दूध की धार।
घर-घर बरसे 'कंचन-मेह'
उपजे बस न एक संदेह।

नई युक्तियों में हो लीन,
नई उपज हो, स्वाद नवीन।
बीज वही पर नूतन वृद्धि
इंद्रजाल की सी कुछ सिद्धि!

फूल-फलों का करो विकास,
बढ़े सुरस, सौंदर्य, सुवास।
प्रकृति चमत्कारों की खान,
उन्हें प्राप्त कर करो बखान।

□

प्रचार

ग्राम-ग्राम में ग्रंथागार,
करें ज्ञान-गुण का विस्तार।
बढ़े हिंद-हिंदी पर प्यार,
भरे राष्ट्र भाषा-भंडार।

फैलाओ हिंदू साहित्य,
युग-युग का सहचर निज नित्य।
निज भू, निज भूषा, निज वेष,
निज भाषा, निज भाव अशेष।

□

मृत्युंजय

करो न अटल मृत्यु-भय व्यर्थ
रहो समुद्यत उसके अर्थ।
बनो आत्म-साक्षी तुम आप,
स्वयं मिटेंगे सारे पाप।

हो जाओ व्रत पर बलिदान,
क्षय हो, जय हो—उभय समान।
या तो स्वर्ग, कीर्ति, गुण-गान,
या नव गौरव सुख-सम्मान।

बढ़ें मृत्यु का भय जो ठेल,
रखते हैं उनसे सब मेल।
बाँध शून्य में भी वे सेतु।
फहराते हैं ध्रुव पर केतु।

खोजो मृत्यु, दिखाओ ओज,
जीवन करे तुम्हारी खोज।
वैसी ही गति जैसी मृत्यु,
त्यागो वैसी-वैसी मृत्यु।

तुम में पुनर्जन्म-विश्वास,
और अंत में स्वर्ग-निवास।
रही मुक्ति भी अमृत उलीच,
डरें मृत्यु से नरकी नीच।

तुम स्वधर्म पर हो उत्सर्ग
पाओ स्वर्ग और अपवर्ग।
पर न करो अपना अपघात[1],
वह है महा पाप विख्यात।

□

1. आत्मा का हनन, आत्मघात।

कर्मों का मर्म

समझो मर्म—एक ही कर्म,
कहीं धर्म है कहीं अधर्म।
करते हैं रण में जो क्षत्र[1],
वही हिंस्र-हिंसा अन्यत्र।

□

1. क्षत्रिय।

आत्म-रक्षा[1]

करो धर्म-धन-जन का त्राण,
देकर भी—लेकर भी प्राण।
अधम आततायी[2] को मार,
तुम्हें स्वरक्षा का अधिकार।

जो तुमको वध करते जाए,
वित्त[3] वधू को—हरने जाए।
बध्य[4] स्वयं वह वर्वर वन्य[5],
मारो देख उपाय न अन्य।

शासन पर है इसका भार
अपराधी का करे विचार।
समय रहे तो संकट भीति,
उसको सूचित करो सनीति।

---

1. भारतीय दंड-विधान में 96 से 106 धारापर्यंत आत्म-रक्षाधिकार दृष्टव्य। इसी संबंध में महर्षि मनु की आज्ञा निम्नलिखित पृष्ठ में उद्धृत है।
2. अनिष्टकारी, आक्रमणकारी मारने को उद्यत।

   गुरु वा बाल वृद्धं वा ब्राह्मणं वा बहुश्रुतं
   आततायिनमायान्तं हन्यादेवाविचारयन्॥ (मनुस्मृति)

3. धन।
4. मारने के योग्य।
5. जंगली पशु।

आ न सके शासन–साहाय्य,
तो फिर है इसमें ही न्याय्य।
कि जो करे खल तुम पर वार।
तुम भी उस पर करो प्रहार।

केवल शासन–कार्य–विरुद्ध
है निज बलप्रयोग निरुद्ध।
और जहाँ कर सके बचाव।
निर्भय उसे काम में लाव।

रखो केवल इतना ध्यान
जैसा बतला रहा विधान[1]।
बल से लो उतना ही कार्य
जितना जान पड़े अनिवार्य।

रक्खो अपने देवस्थान,
रक्खो अबलाओं का मान।
बल रहते सहकर अन्याय,
धिक जो न्याय माँगने जाय।

अन्य जनों के भी रक्षार्थ
(प्राप्त पुण्य के प्रिय पक्षार्थ)
करो घातकों पर प्रतिघात,
तो यह है विधि की ही बात।

□

प्रतिवासी

रक्खो पड़ोसियों का ध्यान,
है विधर्मियों में भी ज्ञान।
यही चाहते हैं भगवान,
भजें उन्हें बहु विध संतान।

ले-लेकर स्वधर्म का नाम,
हुए यहाँ भी भीषण काम।
किंतु बनें चिर-मति-मुख चुंब,
बहु-धर्मी फिर एक कुटुंब।

दूर करो अनुचित आवेश,
लो अतीत से कुछ उपदेश।
पकड़ भूत-भावी के छोर,
देखो वर्तमान की ओर।

□

मंदिरों का उद्धार

मठ-मंदिर सच्चे हों सिद्ध,
न हों वहाँ वे कर्म निषिद्ध।
उनका ऐसा करो सुधार—
बहें स्वयं श्रद्धा की धार।

ढहे जाएँ मंदिर प्राचीन,
हम बनवाते जाएँ नवीन।
तो वह बनवाना है व्यर्थ
मानो ढान के ही अर्थ!

नष्ट न होने दो निज-चिह्न।
इस सर के वे सरसिज चिह्न।
नहीं शिल्प कौशल ही शेष,
वे निज साक्षी भी अनिमेष।

नीरव भाषा में सविषाद
देंगे वही पूर्व-संवाद।
वे साहित्य-सदृश ही रक्ष्य[1],
रखते हैं वैसा ही लक्ष्य।

□

1. रक्षा के योग्य।

मादकता

करो मोह–मादकता दूर,
हो चरित्र–चर्चा में चूर।
निज चैतन्य मिटाना आप,
क्या ही जड़ता, क्या ही पाप?

न लो अरे, मादकता मोल,
न दो गाँठ का भी धन खोल।
तन से करो साधना नित्य,
मन से शुभाराधना नित्य।

□

साधु-सुधार

साधु-संत हैं बीसों लाख,
बनें विभूति कि जिनकी राख।
उद्यत करो उन्हें धर्मार्थ,
सहज सिद्ध हों सब परमार्थ।

जिसके लिए छोड़ सब भोग,
धूनी रमा रहे वे लोग।
उसी धर्म पर संकट आज,
समझे उनका साधु-समाज।

रटते हैं वे जिनके नाम,
भूल गए हैं उनके काम।
यदि है उनमें सच्ची भक्ति,
तो फिर दिखलावे कुछ शक्ति।

शेष रहा अब उनका वेश,
भूले वे अपना उद्देश्य।
एक उन्हीं का करो सुधार,
तो मिल सकते हैं फल चार।

जिस समाज पर उनका भार,
कौन करे उसका उद्धार?
जब वह उनका ही समुदाय
आकर उनका न हो सहाय।

तुम गृहस्थ हो मोहासक्त,
पर वे तो हैं विदित विरक्त।
जिन्हें नहीं है भय का नाम,
सत्याग्रह है उनका काम।

जहाँ धर्म का ही व्यवसाय,
और दान-भिक्षा का आय,
वहाँ साधुता का पाखंड
क्यों न करेंगे धूर्त कि भंड।

दीक्षा भी पा जाएँ परंतु
खल ही निकलेंगे खल जंतु।
छोड़ो स्वर्गंगा के बीच
झक ही मारेंगे बक नीच!

आत्मा-नदी, शील-शुचि-नीर,
सत्य-तीर्थ शम-दम दो तीर।
दया-बीचियों[1] बीच नहाव,
मन का भी तो मैल बहाव।

□

1. रंग।

मुक्ति

बनते थे जो तज धन-धाम,
जीवनमुक्त कि आत्माराम,
मुक्ति मात्र था जिनका मंत्र,
आज वही हिंदू परतंत्र।

छोड़ भुवन के भोग-विलास,
ले लेते थे जो संन्यास,
वे ही आज पराए दास,
बंदीगृह हैं उनके वास!

होकर जिसके साधक भक्त
बनें भूप भी भिक्षु विरक्त।
वह कैवल्य, परम-पद, मुक्ति,
है पुरुषार्थ उसी की युक्ति।

पर जो जीवित ही परतंत्र
बनें दूसरों के कर-यंत्र,
वे मरकर होंगे क्या मुक्त?
उठो अरे, फिर हो उद्युक्त।

आश्रम, संघ, पीठ, समुदाय,
कितने संप्रदाय, आम्नाय[1]
किए यहाँ तुमने निर्माण,
सबका लक्ष्य रहा निर्वाण,

मुक्ति-हेतु तुम सबकुछ त्याग,
लेते थे संन्यास, विराग।
अब पहिले स्वातंत्र्य-निमित्त
बनो निश्चयी, निश्चल-चित्त।

पर-वश न थे प्रथम तुम लोग
तब था उचित वही उद्योग।
अब परावलंबन का फेर
घात कर रहा तुमको घेर।

धारण करके भी संन्यास
था राजत्व तुम्हारे पास।
निर्भय प्रव्रज्या[1]-व्रत धार
करते थे तुम तभी प्रचार।

पत्थर मार-मारकर हाय!
अब भी परधर्मी असहाय
मारे जाते हैं जब दूर
तुम्हें कौन सकता था घूर?

---

1. संन्यास, प्रवास, पर्यटन।

बनें स्वयं व्यसनों के कौर,
मुक्ति-योग्य तुम रहे न और
छोड़ो फिर अनात्म विश्वास,
मुक्त पवन में लो निश्श्वास।

मोह, दैन्य, दौर्बल्य, अशक्ति,
ईर्ष्या, हिंसा, स्वार्थासक्ति,
अकृति, असाहस, भय, संदेह,
तुम्हें बना बैठे निज गेह।

□

शासन

कहाँ आज वह शासन हाय!
करके जो शिक्षक-सा न्याय,
मार-मारकर जड़ता मेंट,
खड़ा करे फिर हमें समेंट?

दंडनीय था ऐसा ग्राम
मानो दस्यु जनों का धाम,
जहाँ न हो द्विज श्रुति-संपन्न,
खाते हों भिक्षा का अन्न।

धार परिव्राजक का वेष
धरे न जो निजधर्म विशेष
श्वपदांकित[1] कर उसका भाल
देते थे नृप उसे निकाल।

भीतर कोमल, बाहर क्लिष्ट
आज हमें वह शासन इष्ट,
अस्त्रवैद्य-सा अदय उदार,
करे हमारा जो उपचार।

1. कुत्ते के पैर के चिह्न से चिह्नित।

किसे विदेशी-शासन यंत्र
होने देगा सहज स्वतंत्र?
करो उसे तुम निजतानिष्ठ,
करे तुम्हें वह विज्ञ-बलिष्ठ।

सुनो, स्वदेशी शासन मात्र
कर सकता है तुम्हें सुपात्र।
वही बनाकर उचित विधान,
बन सकता है न्याय-निधान।

धारण कर संरक्षण-नीति
वही मेंट सकता है भीति।
वही बचा सकता है अन्न
कर सकता है फिर संपन्न।

□

संतान-संघ

लो पहले इहलौकिक मोक्ष,
पीछे है परलोक-परोक्ष।
करो स्वतंत्र-संघ संस्थान,
जहाँ संत पद हो संतान।

हो आदर्श वही संन्यास
करें वहाँ केवल नर-वास।
सुधी साधु ही विज्ञ, वरिष्ठ
हों प्रविष्ट उसमें नयनिष्ठ।

त्यागें वे विषयों के गंध,
रख न सकें धन जन-संबंध।
रखें राज-नीति का ज्ञान
और समाज-धर्म का ध्यान।

बन न जाएँ स्वामीजी मान्य,
सबके सेवक बन वदान्य।
घर-घर घूमें करें प्रचार।
समझावें सबके अधिकार।

राजा कर पावे न अनीति,
प्रजापाल पावे न कुरीति।
वे सदैव अन्याय-विरुद्ध
करें शूर सैनिक-सम युद्ध।

झेल सकें वे सारे कष्ट,
न हों अहिंसाव्रत से भ्रष्ट।
रक्खें सत्याग्रह, सौजन्य,
रहें राष्ट्र के रक्षक धन्य।

उनका ग्रासाच्छादन-भार।
करें राष्ट्र मिलकर स्वीकार,
वे उस पर मरने के अर्थ,
प्रस्तुत रहें सदैव समर्थ।

साधु जनों की कहाँ न साख,
हम में हैं वे बावन लाख।
बने अयुत भी ऐसे संत,
तो हो सब अवनति का अंत।

बनकर ऐसा संघ यथार्थ,
करे राष्ट्र-सेवा निस्स्वार्थ।
तो विभाग ही बनें स्वतंत्र,
साधे जो समयोचित मंत्र।

राष्ट्र-पुरोहित हों वे लोग,
जागें, करें उचित उद्योग।
तो निश्चिंत गृहस्थ-समाज,
पहले ही जैसा हो आज।

फिर हो वही शांत-रस-वृष्टि,
आश्रम और तपोवन-सृष्टि।
सिंहों में भी मृग जी जाएँ,
एक घाट पानी पी जाएँ।

फिर वे मित्र-चक्षु हों प्राप्त,
दीखें सबमें स्वात्मा व्याप्त।
फिर हो पुष्ट पुण्य का पक्ष,
मिले सत्य, शिव, सुंदर लक्ष।

□

मायावाद

छोड़ो मौखिक मायावाद
अलं[1] विषाद और अवसाद।
भव असार ही सही सदैव;
कंटक किंतु कंकेनैव[2]।

भूलो इसे न सज्जन, संत,
कर्मों से कर्मों का अंत।
यह संसार साधनाधार[3]
क्या उपेक्ष्य है किसी प्रकार?

तुम देखो कि न देखो हार,
ताक रहा तुमको संसार।
बाबाजी छोड़ें, पर हाय,
कंबल छोड़ें तब न बसाय!

जहाँ कर्म करके भी लोग,
नहीं चाहते थे फल भोग—
वहीं आज प्रतिकूल प्रवाह,
कर्म न करके फल की चाह!

□

1. बस, और नहीं।
2. काँटे से ही काँटा निकलता है।
3. साधना का आधार।

उच्च कुलों का अंत

लेने से असमय वैराग्य,
शून्य हुआ भारत का भाग्य।
इसके दंडरूप शत रोग,
रहा अभागा अब तक भोग।

कितने निज जन सुधी सशक्त,
अविवाहित ही हुए विरक्त।
परंपरा होने से भ्रष्ट
हुए श्रेष्ठ बल-बुद्धि विनष्ट!

उनका बीज उन्हीं के साथ,
मिटा, हुई यह भूमि अनाथ!
मोती गया, रही बस सीप!
बना बुद्ध-युग बुझता दीप।

गए महाभारत में वीर,
बौद्ध-संघ में धीर-गंभीर।
शेष भोर के-से नक्षत्र,
रहे राष्ट्र के छाया-छत्र।

हरा-भरा वह व्रज सब हाय
यों ही उजड़ गया निरुपाय।
हुए इधर जितने गोपाल,
शेष उसी व्रज के हैं बाल।

श्रीमच्चंद्रगुप्त, चाणक्य,
विक्रम, शंकर, सबकुछ शक्य।
रामदास, शिवराज नरेश,
थे उन शेषों के ही शेष।

क्षात्र तेज वह ब्राह्म विभूति,
लौटे फिर सुनकर कुल-हूति[1],
तो अब भी हत भारतवर्ष,
पा सकता है पूर्वोत्कर्ष।

□

1. पुकारना

संतान वृद्धि

पर निज दुर्बल संतति-वृद्धि,
कर न सकेगी वह क्षति-वृद्धि।
मृत्यु बढ़ावेगी या भृत्य!
भले नहीं वे दोनों कृत्य।

हैं बच्चों के बच्चे व्यर्थ;
न लो सुफल भी कच्चे व्यर्थ।
बनो संयमी, बनो समर्थ;
अपने और वंश के अर्थ।

शिक्षा, दीक्षा, रक्षा-योग्य
प्राप्त करो धन, बल, आरोग्य।
तब उत्पन्न करो संतान,
तभी सुगति होगी मतिमान।

निज कुल-दीप आज हैं मंद?
शिशुओं का रोना तक बंद।
सर्वदमन थे जहाँ प्रसूत
वहीं—अरे चुप, आया भूत!

शैशव में ही भय का पाठ!
हमें मार जाता है काठ!
बाहर भीतर एक निषेध,
अपनी बलि, अपना गृहमेध!

जब कि नहीं सोते निज बाल,
रोते हैं आँखों के लाल।
हम ऐसे शिशुपाल कराल,
क्षमा करें कब तक गोपाल?

साहस कहाँ, कहाँ उत्साह
नहीं सूझती हमको राह।
शैशव से ही भाराक्रांत,
हम हैं यौवन में ही श्रांत।

हैं आलोक-चित्र-पट[1] डिंब[2]
पड़ने दो न बुरे प्रतिबिंब।
बीज सदृश शैशव संस्कार
बनते हैं वट वृक्षाकार।

रत्नों में माई का लाल,
जीवन का फल वही रसाल।
करो तनिक करके आयास
उसकी रक्षा और विकास।

□

1. फोटो लेने के प्लेट।
2. शिशु; बच्चा।

निस्संतान

यदि अपुत्र हो, ले लो गोद—
कोई संस्था, संघ समोद।
जहाँ राष्ट्र-सुत सौ-सौ छात्र
श्रद्धांजलि दें, बनें सुपात्र।

□

मितव्यय

मितव्ययी हो, कृपण न, आर्य!
नहीं अपव्यय है औदार्य।
ऋण ले-लेकर करो न नाम,
यह है चार्वाकों का काम।

न दो आज तुम ऐसा भोज,
कल ही पड़े अन्न की खोज।
सुनकर कहीं एक दिन 'वाह'
करनी पड़े न चिर दिन 'आह'।

करो देव-पितृ-ऋण-परिशोध,
रखो किंतु वित्त-बल-बोध।
सदय देव-पितरों के अर्थ
कुसीदिकों[1] में फँसो न व्यर्थ।

होंगे देव-पितर तब तुष्ट
जब हों भक्त पुत्र परिपुष्ट।
ऋणी तुम्हें निज हेतु विलोक
होगा उनका उलटा शोक!

---

1. सूदखोर।

ऋण लेकर ऋण से उद्धार
हो न सकेगा किसी प्रकार।
होगा केवल निसदिन भार
जिससे पिसें स्वतंत्र विचार।

नहीं उड़ा देने को द्रव्य,
भव में विभव[1] भाव ही भव्य।
धन है साधन सा साकार,
व्यापक है उसका उपकार।

किंतु नहीं साधन हो साध्य,
आत्मभाव ही है आराध्य।
गणिका-रूप-तुल्य वह अर्थ,
छोड़ो जो कर उठे अनर्थ।

कर समाज विधान न बाध्य,
वे हों सहज, सौम्य[2], सुख साध्य।
चलो अवस्था के अनुकूल,
कभी अपव्यय करो न भूल।

कहीं फँसाकर गला कि हाथ
नाक रख सकोगे गृहनाथ?
ऋण का बोझा सिर के संग
क्यों न तुम्हारा हो कटिभंग!

---

1. धन।
2. सुंदर।

जीवन की चिंता में लीन,
मरते हैं हम जीवन-हीन!
भीतर रहे होलिका-दाह,
बाहर दीवाली की चाह!

जन्म-विवाहों पर हम झूम
कर दें ऋण लेकर भी धूम।
तनयों के तन-मन की पुष्टि
कैसे करें बँधी है मुष्टि!

विपुल कुटुंबी वित्त-विहीन—
हिंदू की गतियाँ हैं तीन—
जन्म-मृत्यु के बीच विवाह,
है बस हरि के हाथ निवाह!

रखो घर की ऐसी चाल,
सको दृष्टि बाहर भी डाल।
अपनी ही चिंता में व्यस्त,
भूल गए तुम और समस्त।

□

भीतर

वैष्णव-शाक्त वैदिक-स्मार्त,
फिर भी हम क्यों आतुर आर्त?
घर में प्रेतों का उत्पात,
न हो बाल-बच्चों का घात!

निज शुचिता के मद में चूर,
'अधम अछूतों' से हम दूर।
फिर कैसे आई यह छूत,
घर में घुस आए जो भूत?

साईं साहब को बुलवाव!
कुछ दिन उन्हें यही सुलवाव!!
दौड़ो झट तकिया में जाव!
मन्नत मानो, भेंट चढ़ाव!!!

सगुण और निर्गुण को छोड़,
त्याग देव तैंतीस करोड़।
पूजो मूढ़ो, मियाँ मदार;
तजो बोधितरु[1], भजो मदार[2]!

---

1. पीपल।
2. आक।

पर न जाएगा यह गृह-भूत,
कहाँ पाएगा ऐसे ऊत?
संभव है आवे वह योग,
निकल जाएँ घर के ही लोग।

हिंदू, हाय! तुम्हें धिक्कार!
क्यों न हँसे तुम पर संसार?
विधर्मियों का जादू जाल
जिनपर चलें, मरें वे लाल।

क्यों न तुम्हारे घर हों खेत
एक नहीं उनमें सी प्रेत!
कूड़ा करकट, सील, कुवास,
सड़ा पनाला, मैला पास!

रात मच्छरों का उत्पात
दिन में भिन-भिन, घिन-घिन घात
रहे न तुम इतने भी छार,
सको मक्खियाँ भी जो मार!

सोना और जागना पाप!
हुआ तुम्हें किसका अभिशाप?
रह जाओ कहकर—'हा दैव'
बस 'वेताल पुनस्तत्रैव'!

तनिक शून्य से निज मुख फेर
छोड़ अदृष्ट-पिंड कुछ देर,
डालो निज कर्मों पर दृष्टि,
सृजी तुम्हीं ने यह भय-दृष्टि!

बिगड़ी है गृह-दशा नितांत,
कैसे रहें कहो ग्रह शांत?
छोड़ो अब भी अरे प्रमाद,
है निज नास्तिकत्व विधि-वाद!

□

बाहर

आओ, घर से बाहर बंधु,
नहीं यहाँ पर नाहर बंधु!
स्वच्छ समीरण में लो साँस,
न यों सड़ाओ अपना मांस!

देखो तनिक घूमकर लोक,
तुम्हीं विचरते थे बेरोक!
देते थे सबको उपदेश,
कहाँ न थे आर्योपनिवेश?

हुआ भ्रमण भी तुमको भार,
अचल तुम्हारा है संसार!
आज तुम्हारी गति है रुद्ध,
कैसे रहे कहो मति शुद्ध?

जब तक था पानी कि प्रभाव,
तब तक चली तुम्हारी नाव।
अब अगम्य है रत्नागार,
फिर कैसे हो बेड़ा पार?

न डरो, जाति न होगी भ्रष्ट,
बढ़ो, करो यह जड़ता नष्ट।
यात्रा के अनुभव-आनंद,
प्राप्त करो, विचरो स्वच्छंद।

देखो औरों के उद्योग
शिक्षा लो, छोड़ो न सुयोग।
किया किए तुम पारा विद्ध,
बाहर हुई रसायन सिद्ध!

जानो देश देश की चाल,
दृष्टि सूक्ष्म हो और विशाल।
समझो सबकी बातें चार
रीति-नीति, आचार-विचार।

इहलौकिक उन्नति कर अन्य,
उड़ते हैं अंबर में धन्य।
असमय में ही तज निज ओक[1]
तुम चल देते हो परलोक।

देखो कुछ औरों की शक्ति
करो तनिक तो आत्मविरक्ति।
बनो आर्य मत मूँछ उमेंठ
रस्सी जली न छूटी ऐंठ!

---

1. आश्रम, घर।

रहकर विजातियों से भिन्न,
आपस में ही सब विच्छिन्न।
पाया तुमने समुचित दंड,
ईश्वर सहता नहीं घमंड।

उस भगवत की सारी भूमि,
न्यारी नहीं तुम्हारी भूमि।
'म्लेच्छ देश' में भी विश्वेश,
बना वहाँ विज्ञान-निवेश।

निज दूषण भी सद्गुण-कोष,
विजातीय गुण भी हैं दोष
होता है जिससे यह भान
झूठा है वह जात्याभिमान।

□

भूल-सुधार

समझो अब भी अपनी भूल,
मिट जाओ जिसमें न समूल।
रखकर किसी एक पर भार,
मत सोओ सब पैर पसार।

डूबे यदि क्षत्रिय दुर्द्धर्ष,
तो डूबा सब भारतवर्ष।
क्या कर सके अन्य सब वर्ण?
बैठे विवश दबाकर कर्ण।

"कोउ नृप होइ हमें का हानि,
चेरी छोड़ि न होउव रानि।"
यह चेरी का ही प्रस्ताव,
नृप क्या, हम में सोऽम् भाव!

□

मोह

तजो कुपंथ मंथरा-रूप
है प्रच्छन्न पास ही कूप।
कैसे हो कोई भी भूप?
वह है प्रजा-प्रेम-बलि-यूप।

किंतु कहाँ से आया ओह!
हम में ऐसा माया-मोह।
चेरी की ही बातें मान,
हम चेरे हो गए निदान।

उदासीनता में ही लीन।
हम औरों के हुए अधीन।
वे ही हम, जो बुद्धि-निधान,
करते थे गणतंत्र-विधान!

वे ही हम जो शुभ मंत्रेश,
चुनते थे वह गण-तंत्रेश—
होती थी जिनकी संतान
महावीर या बुद्ध-समान[1]।

---

1. कहते हैं महावीर स्वामी और बुद्ध भगवान् के पिता गणतंत्र के ही अधीश्वर थे।

करो आर्य-गण अपना ध्यान,
न करेगी चेरी कल्याण।
कुमती केकयी भी है त्याज्य,
होगा नाश, न होगा राज्य!

□

युग का रोना

कलि-कलि कर बैठो न निराश,
पहनो स्वयं न उसका पाश!
पहले भी थे राक्षस दैत्य,
कब निर्विघ्न चले मठ, चैत्य[1]।

निग्रह[2] होने पर भी नित्य
करता है निसर्ग[3] निज कृत्य।
पर वरत्व[4] ही है वरणीय;
नहीं अबलता अनुकरणीय।

प्रवृत्तियाँ हैं मन के संग,
जन-जन में जीवन के संग,
सामंजस्य- असामंजस्य[5],
जीत-हार का यही रहस्य।

अपना मन है जिनके हाथ,
जीवन-जय है, उनके साथ।
कोई युग हो, कोई लोक,
उनको कहीं न दुःख न शोक।

---

1. देवस्थान, यज्ञशाला।
2. प्रवृत्तियों की रोकथाम।
3. प्रकृति, स्वभाव।
4. वर का भाव और श्रेष्ठता।
5. औचित्य और अनौचित्य।

कहीं-कहीं सत युग भी तज्य[1]।
आज पूर्व-विधियाँ बहु बर्ज्य[2]।
बनो विवेकी विश्रुत हंस,
जल छोड़ो, पय पियो प्रशंस।

यों जीवन भी भार विकार,
तो क्या है मरना ही सार?
सच तो यह है कि हो समर्थ,
तजो कलह-कलि-चिंता व्यर्थ।

शक्ति वस्तु है वह विख्यात,
कि हो दोष भी गुण सा ज्ञात।
बन डिठौना चंद्र-कलंक,
सगुण विगुण भी है निश्शंक।

देश, काल, युग, उदय कि अस्त,
आप भले तो भले समस्त।
सफल करो निज मानव-देह,
यही देव या दानव-गेह।

छोड़ो 'क्षुद्र हृदय-दौर्बल्य'[3],
निकले स्वयं शोच का शल्य।
डरो न युग से हटो समक्ष;
अक्षय है आत्मा का पक्ष।

---

1. तजनीय।
2. वर्जनीय।
3. भाल, गाँसी।

तुमको हो विश्वास सुजान।
तो "कलजुग सम जुग नहिं आन।"
उसका ही यह पुण्य प्रताप—
"मानस पुण्य होहिं, नहिं पाप।"

□

मन

कब तक है यह पर-अवलंब?
जब तक तुम्हें इष्ट सविडंब!
कै दिन किस कौन अविनीत
चला सका मन के विपरीत!

मन के लिए लगन दो एक,
मगन रहे वह, रखे टेक।
इतने से ही तुम कृतकृत्य;
करती रहे नियति निज नृत्य।

मन को एक केंद्र मिल जाए,
तो इंद्रासन भी हिल जाए।
इतना करो किसी भी तौर,
स्वयं करा लेगा मन और।

दो मन पर मानिक भी तोल,
बेचो उसे न, कौड़ी मोल।
भाई, इसे न जाओ भूल—
मन ही बंध[1]-मोक्ष का मूल।

□

1. बंधन

लीक

आँखें मूँद न पीटो लीक;
सोच-समझ देखो तुम ठीक।
करो न असमय का आलाप,
जो तुमको ही रुचे न आप।

□

रूढ़ि

रूढ़ि बिना जड़ की वह बेल,
चूस रही जीवन-रस खेल।
करो कर सको यदि तुम त्राण,
जाएँ न निगमागम[1] के प्राण।

□

1. निगम—वेद, आगम-शास्त्र अथवा आगम-वृक्ष (वेद रूपी वृक्ष)।

शास्त्र

रूढ़िबद्ध हो जाएँ न शास्त्र,
कीट न काट जाए धर्मास्त्र।
काई निकले, झलके नीर,
जागे निज जीवन गंभीर।

शास्त्र अखिल अर्थों के मूल,
व्याख्या है निज बुद्ध्यनुकूल।
जो करना जो कर लो सिद्ध,
वह हो चाहे स्वयं निषिद्ध।

सड़ी-सड़ी बातों का मोह।
आधारों का ऊहापोह,
बना न दे बकवादी भेक;
धारण करो स्वतंत्र विवेक।

शास्त्र तुम्हारे लिए अशेष,
बनो न तुम उनके बलि-मेष।
सुनो प्रमाण शांति के साथ,
पर निर्णय हो अपने हाथ।

जितने भी हैं शास्त्रग्रंथ,
दिखलाते हैं केवल पंथ।
पर पाथेय और गति-शक्ति,
संग्रह करें स्वयं सब व्यक्ति।

किस मुँह से शास्त्रों की ओट,
लेकर सहें युक्ति की चोट
जब हम छोड़ उन्हीं का धर्म
करते हैं उलटे बहु कर्म?

'बोलो झूठ न' अक्षर पाँच,
लिये शास्त्र में हमने बाँच।
मान लिये बस पहले चार!
चला कौन सबके अनुसार!

यही हमारी शास्त्र-प्रीति!
यही तर्क करने की रीति।
हम हैं आश्रम-धर्म विहीन,
फिर भी वेद-वाद में लीन!

बनकर पूर्वज-सदृश समर्थ,
नई समस्याओं के अर्थ।
करो नई विधियाँ निर्माण,
समय स्वयं है बड़ा प्रमाण।

समयोचित न समझते सूरि[1]
तो क्यों भिन्न स्मृतियाँ भूरि;
रचते रहते यहाँ नवीन,
तुम वैसे ही बनो प्रवीण।

भुसी फटक देते हैं सूप,
तुम तो हो चिर चेतन-रूप।
हुई चेतना चलनी शोक!
सार फेंक रखती है फोक।

अपने शास्त्रकार मतिमान,
देश काल से न थे अजान।
उठो, अवस्था के अनुसार,
करो व्यवस्था स्वयं विचार।

भिन्न पुराण स्मृतियाँ वेद
मुनियों में भी बहुमत-भेद।
करके प्रकट परिस्थिति-बोध,
बनो स्वयं साक्षी विधि शोध।

त्यागो मुनि-मत भी प्रतिकूल,
करते बड़े बड़ी ही भूल।
बुद्धि शरण लो, न हो उदास,
तुम में प्रेरक प्रभु का वास।

1. सुधारा हुआ।

उपादेय हो और सयुक्ति,
मानो बालक की भी उक्ति।
ब्रह्म-वाक्य भी जँचे न ठीक
तो तुम जानो उन्हें अलीक।

सज्जन-मत है स्वतः प्रमाण;
वही शास्त्र-रत्नों का शाण।
पौरुष हो, पर आर्य-समान
दो उसको तुम आदर-मान।

मार्ग बड़ों का हो स्वीकार्य
पर वह रहे परिष्कृत[1] आर्य।
करो अकंटक उसको झाड़,
भरो गर्त झंखाड़ उखाड़।

माता-पिता वृद्ध बल-हीन
पत्नी पतिव्रता शिशु दीन
करके भी अकार्य भर्त्तव्य,
समय-समय का है कर्तव्य।

☐

1. शोधित

उपचार

धर्मोद्धार, समाज-सुधार,
करो हृदय में दृढ़ता धार।
होने पर विस्फोट[1]-विकार,
अस्त्र-योग भी है उपचार।

दंभ, महाडंबर, पाखंड,
सन्निपात सम चंडोद्दंड[2]—
करते हैं सुधर्म का नाश,
काटो यह त्रिदोष मय पाश।

कुल-गत नहीं, व्यक्ति-गत वीर्य;
ऐसा ही सब गुण-गांभीर्य।
नहीं शीश पर जिनके सींग,
वे चाहें तो मारें डींग!

द्विज-सा देवप्रिय चांडाल,
यदि वह है स्ववृत्ति-व्रत पाल।
नहीं वित्त विद्या अनिवार्य
वृत्त बनाता है बस आर्य।

1. विषैला फोड़ा।
2. कठोर, मारने को उद्यत।

दीपक से भी कज्जल-जात[1],
और पंक से भी जलजात[2]।
एक डाल में काँटे-फूल,
जाति नहीं गुण मंगलमूल।

□

1. उत्पन्न।
2. कमल।

चौका

किस पर वह चौका, वह चाक?
बनता वहाँ मृतक पशु-पाक!
ऐसे कर्म और यह ढोंग,
'द्विजश्रेष्ठ' हो तुम या पोंग?

चौका करे, जला दे आग,
अदहन धरे, जला दे साग।
गूँदे, बेले धीवर वर्य,
सेंक न सके किंतु आश्चर्य!

उस बेचारे को यह भेद,
बतला दे कोई भी वेद।
शूद्र और वेदों का नाम?
दूषित न हो ऋचा हे राम!

पर वह कैसा पावन मित्र,
जो हो जाए आप अपवित्र?
न हो अरे तुम जड़ता-लिप्त,
समझो प्रकृत और प्रक्षिप्त।

मनन करो मुनियों के मंत्र,
शूद्र वही हैं जो परतंत्र।
रखता है वह किंकर-वार[1]—
'किं करोम' का ही अधिकार।

---

1. समूह।

न तो श्रेष्ठ है सब प्राचीन,
और निकृष्ट न सभी नवीन।
करें परीक्षा गुणिगण गूढ़,
मरें रूढ़ि पर-मत पर मूढ़।

सुन कच्ची-पक्की की टेक,
बोला आतिथेय[1] हँस एक—
"कच्ची हो तो देना फेंक।
दूँगा तुम्हें खरी-सी सेंक!"

मेटो वर्णों के उपभेद,
बढ़े मेल मिट जावे खेद।
रुचि बदले हो सबका मान,
रुचि पर ही है भोजन-पान।

मनु ने कहे वर्ण बस चार
सुन लो पंचम वर्ण नकार[2]।
सन्निकर्ष[3]-वर्णों का इष्ट,
वही संहिता-भाव विशिष्ट!

दीर्घ बनो कर संधि सवर्ण,
सुनें मिलें स्वर सबके कर्ण।
गौरव और गान लय युक्त,
कंठ तुम्हारे हों उन्मुक्त।

□

1. अतिथि सत्कार करने वाला।
2. नहीं, न अक्षर।
3. समीपता।

प्रगति

बढ़ो धैर्य साहस के संग;
देखो जल के सकल तरंग।
बढ़ते हुए विशेष प्रकार,
पा जाते हैं निश्चय पार।

□

संबल

न हो, नहीं यदि धन कुछ पास
रखो भुजबल का विश्वास।
सच्चा धन तो है बस धर्म,
जो हिंदू का जीवन-मर्म।

□

आत्म-गौरव

आभूषित हो, या कि अकंथ,
रखो कोई मत या पंथ।
पर तुम हो हिंदू-संतान,
रहे तुम्हें इसका अभिमान।

हिंदू का विचार-संसार,
अतुल, असीम, अनंत, अपार।
तो नास्तिक भी कपिल[1]-समान।
रखो तुम हिंदू-कुल-मान।

आस्तिक हो तो लो प्रभु नाम,
और करो प्रभुता के काम।
नास्तिक हो तो भी आजाव,
बुद्ध-शरण, संघाश्रय[2], पाव।

तुम तो कुछ भी नहीं परंतु,
यों वनमानुस भी हैं जंतु!
क्या आस्तिक क्या नास्तिक, शोक,
नष्ट तुम्हारे दोनों लोक!

---

1. सांख्य शास्त्र कर्ता।
2. समूह, आश्रम, अवलंब।

तुम भिक्षुक हो, तुम हो दास?
दुर्बल, दीन-दरिद्र, उदास।
जीवन से निराश निर्णीत[1]।
और मृत्यु से कंपित, भीत।

अमर-वर्ग का है परलोक,
नर वीरों का है नर लोक।
निपट नपुंसक अलस अतीव,
तुम हो जीवित ही निर्जीव!

हिंदू, कब तक यह अपमान,
सहन करोगे सहज-समान?
अरे, उठो कह दो फिर आर्य,
मरेंगे कि साधेंगे कार्य।

क्लीव अनुष्ण अलस अविनीत,
शंका-शील लोक-रथ-भीत
देखा करते हैं बस बाट,
उन्हें चाट जाती है खाट!

अंगन वेदी वसुधा सर्व,
कुल्या-तुल्य पयोनिधि खर्व,
होते हैं उस जन के अर्थ
जो है कृतप्रतिज्ञ समर्थ।

1. निश्चित।

स्वयं स्वर्ण-मल्ली सी भूमि,
और कल्प-वल्ली सी भूमि।
चुनने वाले जन हैं चार,
शूर, कुशल, कृतविद्य, उदार।

अपने को अजरामर जान
प्राप्त करो विद्या-धन-मान।
और समझकर सिर पर काल,
पालो अपना धर्म विशाल।

□

अपनी संस्कृति

अपनी संस्कृति का अभिमान,
करो सदा हिंदू-संतान।
सब आदर्शों की वह खान,
नररत्नत्व करेगी दान।

अपनी चिर संस्कृति की मूर्ति,
है मनुष्यता की परिपूर्ति।
प्राणरूप उसका पुरुषार्थ,
साधन करता है परमार्थ।

युग-युग के संचित संस्कार,
ऋषि-मुनियों के उच्च विचार,
धीरों, वीरों के व्यवहार,
हैं निज संस्कृति के शृंगार।

□

शक्ति-संचय

आत्म-संघटन करो सयुक्ति,
हिंदू तुम्हें मिलेगी मुक्ति।
आवेगी तुममें वह शक्ति,
जिसपर हो सबकी अनुरक्ति।

कह दो सब से यही पुकार—
करते हैं हम आत्मोद्धार।
होंगी सब बाधाएँ व्यर्थ,
पर भय नहीं किसी के अर्थ।

तुमसे है इतिहास प्रमाण—
हुआ भुवन भर का कल्याण।
रहे वही अपना ध्रुव लक्ष्य,
है हिंदुत्व इसी से रक्ष्य।

होकर निज जीवन जड़, रुद्ध,
रहा बद्ध जल-सदृश न शुद्ध।
करो परिष्कृत उसका स्रोत,
फिर भी हो वह ओतप्रोत।

□

समन्वय

पुर, पत्तन हो अथवा ग्राम,
हों सर्वत्र समन्वय[1] धाम।
जुड़ें जहाँ सब मत के लोग,
साधन करें एकता योग।

भाषण, गीत, कवित्व, विनोद,
हुआ करें, पावें सब मोद।
क्रीड़ा–कौतुक, उत्सव–खेल,
साधन करें परस्पर मेल।

स्मित हों मातृमूर्ति के ओष्ठ,
देख–देख निज संतति–गोष्ठ[2]।
आर्य बाल गोपाल सचेष्ट,
कामधेनु भी दुहें यथेष्ट?

पालो परम धर्म है प्रेम;
वारो उसपर भारों[3] हेम।
एक प्राणमय हों सब अंग,
साधो मिलन और सत्संग।

---

1. संगति, संयोग, मिलन।
2. संघ, समूह और गोशाला।
3. आठ हजार तोले का परिणाम।

होकर भी विभिन्न मत-निष्ठ,
बन सकते हैं बंधु वरिष्ठ।
मिलें लौटकर यदि सविवेक,
तो हैं तीन और छै एक।

□

अन्य जातियाँ

देख तुम्हारा यह उद्योग,
न हों सशंक दूसरे लोग।
'सर्व भूत हितरत' निज धर्म,
हैं अभिन्न हम सबके मर्म।

पावें सभी प्रबोध, प्रमोद,
खेलें भारत माँ की गोद।
मिटें परस्पर के संदेह,
उपजें साम्यभाव सस्नेह।

□

अँगरेजों के प्रति

सुनें प्रथम शासक अँगरेज,
जो कहने करने में तेज।
यदि सचमुच तुम योग्य, उदार
तो पावें हम निज अधिकार।

अब भी यदि अयोग्य हम लोग,
तो असाध्य तुमसे यह रोग।
और दूर से तुम्हें प्रणाम,
रहे हमारा रक्षक राम।

प्राप्त हुए किस पद का भार—
हम न सँभाल सके प्रति वार?
डाल दिए कब हमने स्कंध?
कर न सके हम कौन प्रबंध?

क्या शासन, क्या न्याय विभाग,
क्या यूरप की सी वह आग,
(जिसमें जले जगत के वीर)
सिद्ध हुए हम कहाँ अधीर?

स्वयं जगाकर नूतन भाव,
दिखलाओ न हठीले हाव।
मेटो उनकी क्षुधा नितांत,
तभी रहेंगे हम तुम शांत।

निज शासन-सेवा का मोल,
लेते हो जो तुम जी खोल।
देकर उसे, बाप रे बाप!
बिक जा रहे हैं हम आप!

किसकी रक्षा को सरकार,
इतनी फौजों की दरकार?
देते हैं मच्छर तक दंश,
मिटते यहाँ वंश के वंश!

मलेरिया, हैजा, दुष्काल,
और शीतला-कोप कराल,
आज इंफ्लुऐंजा, कल प्लेग,
कालचक्र चल रहा सवेग!

कोटि-कोटि कीटाणु कठोर,
घेरे हैं हमको सब ओर।
तिसपर भी हम शिक्षा-हीन,
भोग रहे हैं दुर्गति दीन।

मरे नशों का मारा मुल्क,
पर उनसे मिलता है शुल्क।
शिक्षा और स्वास्थ्य के अर्थ,
बजट बना रहता असमर्थ!

अनुभव करो हमारे भाव,
यही हमारा है प्रस्ताव।
कुछ अवश्य है जो हम लोग,
तज दें शासन का सहयोग।

करके कोई यों ही खेल,
जाना नहीं चाहता जेल।
है अवश्य कुछ विधि बेजोड़,
दें जो हम विधान तक तोड़।

वह शासन है स्वयं कलंक,
जिसमें जन हों दिन-दिन रंक।
भूखों मरें, न पावें वस्त्र,
हो जावें निर्बल-निःशस्त्र।

छोड़ो अमन चैन की भ्रांति,
यह है मृतकों की सी शांति!
फैला है भीषण आतंक,
रहते हैं जन सभय सशंक।

नैतिक और मानसिक ह्रास,
बना रहे हैं हमको ग्रास।
अर्थी नहीं देखते दोष,
सभी कराती क्षुधा सरोष।

समझो व्यथा हमारी वीर,
कि हम कहाँ तक हुए अधीर।
व्यर्थ किंतु तज जीवन-मोह,
करते हैं जब तक विद्रोह।

इसका कारण सोचो हाय!
पतित न हों हम, करो सहाय,
हम हैं विवश, यही अपमान,
हमें भुला देता है भान।

निर्बल होने से सविशेष,
करते हैं हम ईर्ष्या-द्वेष।
हमें सबल होने दो शूर!
कि हम कर सकें उसको दूर।

और कर सकें निर्भय प्रेम,
जिसमें है क्षोणी का क्षेम।
पावें हम दोनों अवकाश,
करें संकुचितता का नाश।

घृणा और बदले के भाव,
कर न सकें हममें घर घाव।
हों करुणा करने के योग्य,
क्षमा-भाव भरने के योग्य।

बातें ही मीठी ज्यों ऊख,
मिटा नहीं सकती हैं भूख!
दो दायित्व हमें परिपूर्ण;
हो अनात्म विश्वास विचूर्ण।

डूब रहे हम, डूब न जाएँ,
इस जीवन से ऊब न जाएँ!
बनो समय-सागर के सेतु;
राजा स्वयं काल का हेतु।

दो सुयोग, लो पाणिस्पर्श,
सफल करें हम निज आदर्श।
न हो और बाधक हे तात,
तुम असाध्य-साधक विख्यात।

लो यश या अपयश इस ओर,
न्याय करो या दमन कठोर।
हम निश्चित हैं कृतसंकल्प,
लेंगे क्या स्वराज्य से अल्प!

और न पिछड़ो करके देर,
हो कृतकृत्य धरोहर फेर।
सच्चे हो तो हो सन्नद्ध,
तुम हो देने को प्रणबद्ध।

ऐसा करे कि रस रह जाए,
आपस में कुछ बस रह जाए।
वंचित करे न तुमको लोभ,
हमें पथच्युत करे न क्षोभ।

शासन में हैं दारुण दोष,
पर तुम गुण रत्नों के कोष।
उसपर है कितनी भी खीझ,
किंतु हमारी तुमपर रीझ।

हे अँगेरज, सुनो सस्नेह,
प्रीति योग्य तुम निस्संदेह।
तुमसे कुशल जनों का संग,
देगा किसे न ओज-उमंग।

पर समता रखती है प्रीति,
सहन नहीं कर सकती भीति।
वह अनियंत्रित सत्ता मेंट,
देंगे हम मैत्री की भेंट।

आवे वह दिन आवे शीघ्र।
यह सब भय मिट जावे शीघ्र।
प्रकटित हो जब तक वह योग,
यही मनाते हैं हम लोग—

ब्रिटिश-सिंह, तुम रहो वरिष्ट,
बनकर किंतु नागरिक शिष्ट।
मरो वन्य बल पर मत धीर,
जियो और जीने दो वीर!

हो असवर्ण हमारे चर्म,
पर सवर्ण हैं शोणित मर्म।
मन दौड़े तो बिना प्रयास,
पूर्व और पश्चिम सब पास।

हिंदू हिंदू सुनो सचेत,
आओ, हो जाओ समवेत।
तुम स्वतंत्रता के ही पात्र,
उच्छृंखलता खलती मात्र!

न्याय चाहते हो तो आप,
रहो नित्य न्यायी, निष्पाप।
हिंसा है पशुता का नाम,
अविचलता है अपना काम।

□

पारसियों के प्रति

सुनो पारसी बंधु प्रवीण,
क्या अपने संबंध नवीन?
वेद-अवस्ता दो ही नाम
पुरातत्त्व के हैं विश्राम।

इष्ट हमें हैं वे ही प्राण
जो कर सके तुम्हारा त्राण।
तजकर जब तुम अपना स्थान,
भग आए थे हिंदुस्तान।

अब क्या वह साहस वह शक्ति,
दे सकती है तुम्हें विरक्ति?
करते हैं हम जीवन-याग,
जीती रहे तुम्हारी आग।

□

मुसलमानों के प्रति

मुसलमान भाई, हो शांत;
सोचो तनिक तुम्हीं एकांत।
तुम निज हेतु करो सब कर्म,
और छोड़ दें हम निज धर्म?

रहे तुम्हारा कुछ भी बोध,
हमको तुमसे नहीं विरोध।
मातृभूमि का नाता मान,
हैं दोनों के स्वार्थ समान।

तनिक विचारो, न हो विरक्त,
तुममें भी है हिंदूरक्त।
यदि तुम भूलो न यह विवेक,
तो हम तुम हैं कितने एक!

डालो अपने ऊपर दृष्टि,
तुम अधिकांश यहीं की सृष्टि।
तुम हिंदू हो धार विधर्म,
भूल गए हो निज कुलकर्म।

करो पूर्व संस्कृति की याद,
मिटे सभी विद्वेष-विषाद।
तुम अभिन्न हो, न हो विभिन्न,
रहो न हम अपनों से खिन्न।

इतने पर भी न हो प्रबोध,
तो तुम लो अपना पथ शोध।
और चलो उसपर सानंद,
फिर भी आँखें करो न बंद।

उचित न होंगे वे विभ्राट,
जैसे मलाबार-कोहाट।
आपस का विरोध या ग्लानि,
करती है दोनों की हानि।

हुए हमारे मंदिर नष्ट,
करते गए उन्हें तुम भ्रष्ट!
किंतु मिले जब हमें प्रसंग,
हुईं मसजिदें कितनी भंग?

यह है निज संस्कृति का भेद,
अब तुम गर्व करो या खेद।
औरों के भावों का ध्यान,
है मनुष्य-गौरव का ज्ञान।

सावधान, सोचो हो शांत;
दिखलाओ न बुरे दृष्टांत।
देख तुम्हारी करनी नित्य,
कर न उठें हम भी वे कृत्य।

श्रद्धानंद-सदृश अपघात,
सिद्ध कर रहे हैं क्या बात।
शास्त्र लिये हो तुम या शस्त्र?
है रक्ताक्त तुम्हारे वस्त्र?

ऐंठ रहे हो जिन पर मूँछ,
उन्हें तुम्हारी है क्या पूँछ।
जहाँ पड़ी हो अपनी फिक्र,
वहाँ दूसरों का क्या जिक्र।

देखो अरब और ईरान,
आप हो रहे हैं वीरान!
हुई मदीने की भी खैर,
कौन तुम्हारा, गर हम गैर?

पढ़ो जरा टरकी का हाल,
क्या काफिर हो गया कमाल?
नहीं नहीं, वह हुआ प्रबुद्ध,
तुम्हीं रूढ़ियों में हो रुद्ध!

जागो तुम भी जागो बंधु,
त्यागो जड़ता त्यागो बंधु!
देखो तुम न दूर के स्वप्न,
वे हैं सभी सूर के स्वप्न।

मरो न मन-मोदक पर सूख,
मातृभूमि मेटेगी भूख।
यहीं तुम्हारे पुत्र-कलत्र,
फिर सुख-शांति कहाँ अन्यत्र!

पुण्यभूमि है यही पुनीत,
गाते हो तुम किसके गीत?
उच्चादर्श कौन किस ठौर,
पा न सको जो तुम इस ठौर।

कहीं मरुस्थल, कहीं अनूप[1],
कहीं निदाघ, कहीं हिम रूप।
लिये खेत, खनि, जाँगल, पौर,
भारत भव-सा श्यामल गौर।

सुलभ अरब के यहाँ खजूर,
दुर्लभ नहीं सेब, अंगूर।
पर वे आम—सुफल सिरमौर,
सुलभ यहीं हैं, कहीं न और।

रक्खो तुम असि का अभिमान,
है उसका भी उच्च स्थान।
किंतु नहीं है यह ईमान,
कि बस रहे अपना ही ध्यान!

---

1. सजल देश।

तुम हो वीर बली विक्रांत,
किंतु न हो भाई, तुम भ्रांत।
प्रकृत वीरता के व्यवहार,
होते हैं अत्यंत उदार।

तुममें है साहस परिपूर्ण,
जगे स्वतंत्र बुद्धि भी तूर्ण।
यदि है न्याय तुम्हारा लक्ष,
तो तुम हो जाओ निष्पक्ष।

हमें तुम्हें रहना है साथ,
सुख-दुःख सब सहना है साथ।
हिलमिलकर रहने में श्रेय,
और उसी में अपना प्रेय।

करते हों हम जिनमें वास,
प्राप्त करें उनका विश्वास।
तभी हमारा-उनका क्षेम,
पर, उदारता-प्रिय है प्रेम।

ठहरो हे विध्वसंक वीर,
मत हो आतुर और अधीर।
मंदिर में भी उसकी भक्ति,
मसजिद में जिसकी अनुरक्ति।

करो द्रोह-दुर्बलता दूर,
शूर नहीं होते हैं क्रूर।
आओ, भक्त भक्त मिल जाएँ,
सरस सुमन-सम मन खिल जाएँ।

उस प्रियतम की प्रतिमा एक,
पाने को अपना अभिषेक।
सबके उर में है आसीन,
जो हैं भक्तिभाव में लीन।

सब निज निज मति के अनुसार,
अपने प्रभु का एकाकार,
रखते हैं सम्मुख सविवेक,
स्वाभाविक है यह उद्रेक।

कहते हो जब—'न्याजऽल्लाह'
अपनी तुम जानो वल्लाह!
एक सौम्य शुचि, शोभन चित्र,
हमें भूल जाता है मित्र!

बसा बुतों में है महबूब,
उन्हें मिटाते हो क्या खूब!
यह काफिर कुदरत की छाप,
लग जाती है अपने आप।

पीटें लोक भले ही ऊत,
तुम हो शायर, सिंह सपूत।
बनो न स्वार्थांधों की भेड़,
पटकें कहीं न तुम्हें खदेड़।

सुविदित है एकेश्वरवाद,
सुनो और भी—सोऽहं नाद।
गूँजा यहाँ तत्त्वमसि गान,
निकली वहाँ अनलहक तान!

भक्त भावना के अनुरूप,
रखता है वह भी तनु रूप।
किसी नाम से करो प्रणाम,
अंगीकार करेगा राम।

किंतु हाय! हरिमंदिर छोड़,
और देव तैंतीस करोड़,
बनते हैं हम कब्रपरस्त,
भाई, तुम हो सब्रपरस्त।

गायकुशी? मरजी की बात!
सोचो किंतु तनिक हे तात!
अर्थ-धर्म का है यदि कार्य,
तो गोकुशी नहीं अनिवार्य।

तब भी तुम यदि सको न रोक,
तो क्या दिखलाओ भी? शोक!
लेना वृथा किसी की आह,
यह तो नहीं खुदा की राह!

कुरबानी, पर किसकी? आह!
सहज नहीं उसका निर्वाह!
हो जाओ उसपर कुरबान,
जिसने सबको बख्शी जान।

धन्य मयूरध्वज-सा धीर,
किंवा रुकमांगद-सा वीर,
योद्धा इब्राहीम महान,
जो कर गया मोह बलिदान!

स्वयं हमारा उसे प्रणाम,
कुरबानी है इसका नाम।
इन पशुओं का शोणितपात,
ला सकता है क्या वह बात?

दंभ-दुराग्रह, द्वेषद्रोह,
धन-जन-जीवन का भी मोह।
करो स्वविभु के सम्मुख त्याग,
यही बड़ी बलि है बड़भाग!

ऊँटों की कुरबानी बंद,
की थी हजरत ने सानंद!
क्योंकि अरब का धन थे ऊँट,
वहाँ सर्व साधन थे ऊँट।

मुसलमान भाई, हो शांत,
मानो हजरत का सिद्धांत।
भारत का धन गोधन मात्र,
है पहले रक्षा का पात्र।

पियो न प्यारे, उसका खून,
कि जो दूध दे दोनों जून।
छोड़ो उस शोणित की चाह,
बहने दो फिर पयः-प्रवाह।

दूध पिलाने वाली गाय,
सबकी जीवन भर की धाय।
न हो भाइयो, उसपर क्रूर,
दूध-पूत पाओ भरपूर।

काबुल में भी गो-वध बंद,
वह काफिर है या स्वच्छंद?
नहीं वहाँ बाजों की रार,
नए मुसलमान हो तुम यार!

कर दें हम निज कीर्तन बंद,
तुम्हीं अजानें दो स्वच्छंद।
करो भाइयो, तुम्हीं विचार,
चल सकते हैं ये व्यापार?

लगा अली के तन में तीर,
बोला कुछ व्याकुल हो वीर—
"इसे खींचना वक्तं नमाज",
छिपा न था कुछ इसका राज[1]।

"करता हूँगा जब मैं ध्यान,
मुझे न होगा पीड़ा-ज्ञान।"
यह उपासना है, यह भक्ति,
सौ क्लोरोफर्मों की शक्ति!

निकले तीर कि तन कट जाए,
क्या मजाल जो मन हट जाए,
यही धारणा, ध्यान समाधि,
मेटे बंधु, तुम्हारी व्याधि।

दे सुबुद्धि तुमको भगवान,
और हमें वह दयानिधान।
मन से मिटे द्वेष का दाभ,
न ले तीसरा दो का लाभ।

तुम्हें चिढ़ाने की ही सोच,
शोर करें हम निस्संकोच,
तो हम करते हैं अनरीति,
सहो कभी तुम न वह अनीति।

× × ×

1. भेद या रहस्य।

सावधान हिंदू संतान,
लड़ो न तुम अनुचित हठ ठान।
अपने सहवासी की काँख,
लगने देगी किसकी आँख?

कहीं विजाति घृणा पर गेह,
गढ़े न अपना जाति-स्नेह।
विकृत न रहे शिला-विन्यास,
मनःपूत होगा तब वास।

पर अपने समुचित अधिकार,
न हो छोड़ने को तैयार।
थी अधिकारों की ही बात,
हुआ महाभारत संघात।

हम विभु के बालक चिरकाल,
कहें पौत्तलिक विज्ञ विशाल।
अपनी क्रीड़ा—उसकी गोद,
भव न सोच, बस मोद विनोद।

कोई काफिर, कोई म्लेच्छ,
हो तो होता रहे यथेच्छ।
हिंदू-मुसलमान की प्रीति,
मेटे मातृभूमि की भीति।

□

ईसाइयों के प्रति

ईसाई छोड़ो संदेह,
वहीं तुम्हारा हो सुस्नेह।
जहाँ तुम्हारा है घर–वार
आजीविका और व्यापार।

करो न तुम औरों की आस,
रखो भारत का विश्वास,
यहीं तुम्हारा है चिरवास,
यही मेंट सकता है त्रास।

लेकर भी यूरुप का धर्म,
श्वेत न हुआ तुम्हारा चर्म,
वहाँ चर्म ही की है चाह,
नहीं धर्म की कुछ परवाह।

देख कहीं औरों की बाट,
खो दो तुम घर और न घाट।
बंधु यही वह भारत शिष्ट,
हुए जहाँ ईसा उपदिष्ट[1]।

---

1. उपदेश पाए हुए, शिक्षित।

पावे फिर वह निज अधिकार,
इसी हेतु हम हैं तैयार।
हर्षित हो, हम हैं सन्नद्ध,
हो जाओ तुम भी कटिबद्ध।

□

अपना भरोसा

हिंदू, फिर भी सुनो सचेत,
हरे तुम्हीं से हैं सब खेत।
ये हैं सदा तुम्हारे अंग,
होते गए सदा जो भंग।

अपनाओ फिर इन्हें सहर्ष,
पाओ एक संग उत्कर्ष।
किंतु जिलाता है निज श्वास,
रखो निज बल, निज विश्वास।

तको पराया मुँह मत और,
बनो स्वावलंबी सब ठौर।
करे न यदि कोई निज कर्म,
तो क्या हम भी तजें स्वधर्म?

भारतीय संस्कृति का भार,
एक तुम्हीं पर बारंबार।
स्वयं तुम्हीं ने कहा पुकार—
आत्मा से ही आत्मोद्धार।

हो जाने को बंधन-मुक्त,
पाने को निज पद उपयुक्त—
करो हिंदुओं उचित उपाय,
रहे तुम्हारा साक्षी न्याय।

ईसा के ऊँचे उद्देश,
नहीं स्वार्थ का जिनमें लेश।
संप्रति स्वयं कर चुका लोप,
वह उनका अपना यूरोप।

आज सैन्य है उसका साध्य,
है साम्राज्यवाद आराध्य।
उसकी यह मरीचिका भ्रांति,
करा रही है जितनी क्रांति!

□

अपना उद्देश्य

किंतु हिंदुओं का उद्योग,
हरता नहीं किसी का भोग।
नहीं चाहता है वह क्रांति,
उसकी चाह विश्व-विश्रांति।

यही साध्य उसका संदेश,
करो न कोई कुछ अंदेश।
किंतु आज हिंदू परतंत्र,
कौन सुनेगा उसका मंत्र।

व्यर्थ विश्व-मैत्री की बात,
आज दीन-दुर्बल सब तात!
यह औदार्य नहीं उपहास,
तुम्हें जानते हैं सब दास!

कौन करे दासों को मित्र?
वहाँ चाहिए तुल्य चरित्र।
किया जा सके जिन पर क्रोध,
कौन करे उनसे अनुरोध?

उठो, अरे फिर दृढ़ता धार,
रख अपने ऊपर निज भार।
तभी सुनेगा फिर संसार,
सभी तुम्हारे उच्च विचार।

मचा विश्व में कलह-कलेश
दोगे तुम्हीं शांति-संदेश।
किंतु तुम्हारी वाणी क्षीण,
बनो प्रबल फिर, बनो प्रवीण।

आओ, बंधु खड़े हो जाव,
जैसे रहे, बड़े हो जाव।
बिखरी शक्ति करो एकत्र,
फिर सबसे कह दो सर्वत्र—

भुवन हेतु है भारतवर्ष,
सबका है उसका उत्कर्ष।
साधनधाम, मुक्ति का द्वार,
हिंदू का स्वदेश संसार।

हिंदू, यही तुम्हारा लक्ष,
रहे सदा सर्वत्र समक्ष।
तुम हो निरवच्छिन्न मनुष्य,
ईश्वर से अविभिन्न मनुष्य।

बने लोक नागर जो लोग,
सफर करें वे निज उद्योग।
तुम हो विश्व कुटुंबी आर्य,
हों तद्रूप तुम्हारे कार्य।

साधो शक्ति और निज युक्ति,
पाओ पैतृक निधि-सी मुक्ति।
प्रेम देश को करके पार,
करे विश्व में पुनः प्रसार!

करके पहले आत्म-सुधार,
कर लो भारत का उद्धार,
फिर लोकोपकार में लीन,
विचरो सभी कहीं स्वाधीन।

साधु-संघ, आध्यात्मिक सत्र,
संस्थापित करके सर्वत्र।
निज मध्यस्थ भाव लो शोध।
शांत करो तुम विश्व विरोध।

अपने को पहचानो आर्य,
मूल-मंत्र यह मानो आर्य—
नहीं कहीं बाहर निज सिद्धि,
आत्मानं— स्वात्मानं— विद्धि!

तथास्तु

□

परिशिष्ट (गीत)

सिद्धि गणेश

जय गणेश, जय सिद्धि गणेश।
रहे न भय-संशय का लेश,
जय गणेश, जय सिद्धि गणेश।

करो आर्य, गणराज-विधान,
जयति विनायक बुद्धि-निधान।
मिटें विघ्न, बाधा, व्यवधान,
धारण करो अखिल अवधान।

सिद्धि लाभ शुभ भावावेश,
जय गणेश, जय सिद्धि गणेश।

गज-सा शीश, समुन्नत भाल;
सूक्ष्म दृष्टि, श्रुति-शक्ति विशाल।
हस्ति-हस्त, धीरज की चाल;
फल दे झुक ऊँची भी डाल।

मोदक भरे सुकाल सुदेश,
जय गणेश, जय सिद्धि गणेश।

□

राम-कृष्ण की जय

भगें हमारे सारे भय,
जय-जय राम-कृष्ण की जय।

क्या साकेतधाम वह प्यारा,
क्या वह क्रूर कंस की कारा;
वह प्रकाश सर्वत्र हमारा,
जय भारत निज देवालय,
जय-जय राम-कृष्ण की जय।

जय तृण तुल्य राज्य के त्यागी,
जिनके अनुज भरत बड़भागी;
जय अधिकारों के अनुरागी,
कि हो महाभारत निश्चय,
जय-जय राम-कृष्ण की जय।

जय अमोघशर, अरिमदभंजन,
जय मुरलीधर जन मन रंजन,
जयति पतितपावन, अघगंजन,
जयति कर्ममय, कौशलमय,
जय-जय राम-कृष्ण की जय।

बना वानरों को नर-नागर,
बँधवाया सौ योजन सागर;
तान छत्र-सा अद्रि उजागर,
मेटा व्रज का जल-प्रलय,
जय-जय राम-कृष्ण की जय।

जय सीता, निज धार्मिक दीक्षा,
अग्नि आप कर चुका परीक्षा;
जय गीता, निज मुक्ति समीक्षा,
पाओ पूर्णतया प्रत्यय,
जय-जय राम-कृष्ण की जय।

□

हर-हर महादेव

काँपे दैत्य दस्यु थर-थर,
हर-हर महादेव हर-हर!

जय विषपाणिप्रलयंकर,
अमृतदानि, जय अभयंकर।
जय शूली, जय शिवशंकर,
निकलें सब काँटे-कंकर,
भगे स्वयं सब डर डर डर,
हर-हर महादेव हर-हर!

किसके बाधा-विघ्न किधर,
तेरा सिद्ध गणेश इधर।
जीवन तो है मुक्ति-समर,
होते हैं नर जहाँ अमर।
बढ़ें क्यों न साहसकर कर?
हर-हर महादेव हर-हर!

हमें प्रलय का भी क्या डर,
नई सृष्टि उसके भीतर।
वह है प्रसव-वेदना भर,
हम हैं विभो, वृद्ध परिकर।

हो तेरा तांडव तर-तर,
हर-हर महादेव हर-हर!

डम डम डम डमरू का स्वर,
दूर कर त्रय ताप-ज्वर।
बम-बम बोलो, हों जर्जर—
विषय पंचशर विष बर्बर,
बहे शांति-निर्झर झर-झर,
हर-हर महादेव हर-हर!

जय गिरीश, जय गंगाधर,
देश मूर्तिमय शशिशेखर!
तेरे अभिमानी अनुचर—
हम हों कीर्तिवधू के वर।
दे निज भक्ति शक्ति भर-भर,
हर-हर महादेव हर-हर!

□

भगवती भवानी

तीनों लोकों की रानी।
जय-जय भगवती भवानी!

उठे बहुत सुर-अरि परिपुष्ट
गिरे किंतु कट-कटकर दुष्ट
रण में अग्नि शिखा सी रुष्ट
मन में पानी पानी।
जय-जय भगवती भवानी!

स्वर्गभ्रष्ट, स्वराज्यभ्रष्ट—
भजकर तुझे बिना ही कष्ट
अपना स्वर्ग, स्वराज्य स्पष्ट
पाते हैं जन मानी।
जय-जय भगवती भवानी!

माँ, अनंत है तेरी शक्ति,
अमर-संघ-बल की तू व्यक्ति,
रखें हम भी वैसी भक्ति,
बनें आत्मबलिदानी।
जय-जय भगवती भवानी!

क्या बाधा है, कैसी व्याधि?
अंबा मेटेगी सब आधि,
साक्षी हैं सुर, सुरथ, समाधि,
हो आर्य्या के ध्यानी।
जय-जय भगवती भवानी!

□

महावीर की जय

अरि-गृह में भी संयम मय,
बोलो महावीर की जय।

बसो ग्राम-वन में भी नागर,
गिनो तुच्छ विघ्नों के सागर,
लो सीता-संवाद उजागर—
जो निज मान-मूर्ति निश्चय;
बोलो महावीर की जय।

राक्षस रिपुओं की क्या शंका,
जले कनक भी अधलंका।
बजे राम राजा का डंका,
प्रेत-पिशाचों का क्या भय?
बोलो महावीर की जय।

पथ-पर्वत सबकुछ दुर्गम हों,
पर साहस उत्साह न कम हों।
संजीवनी और बस हम हों,
फिर क्या सोच और संशय?
बोलो महावीर की जय।

गुरुदक्षिणा कपट मुनि पावें,
लक्ष्मण-से भाई बच जावें।
हम निज कार्य सिद्ध कर लावें,
रहें शक्ति-संपन्न सदय,
बोलो महावीर की जय।

□

हमारा हिंदुस्तान

हम सब हैं हिंदू संतान,
जिए हमारा हिंदुस्तान।

जैन, बौद्ध, सिख, आर्य्य अशेष,
सब हिंदू-कुल के ही वेश।
फिर क्या विग्रह, क्या विद्वेष?
छेड़ो मधुर मिलन की तान,
जिए हमारा हिंदुस्तान।

एक अतुल हम सबका मूल,
हमको भिन्न समझना भूल।
संप्रदाय रुचि के अनुकूल—
हैं श्रद्धा के ही संस्थान,
जिए हमारा हिंदुस्तान।

एक हमारे हैं संस्कार,
हममें एक रुधिर-संचार।
एक हमारा देश उदार,
गूँजे एक गर्व का गान,
जिए हमारा हिंदुस्तान।

स्वस्तिक-प्रणव हमारा एक,
एक त्याग-तप का उद्रेक।
जन्म-कर्म का एक विवेक,
इष्ट एक निर्वाण महान,
जिए हमारा हिंदुस्तान।

इतने ज्ञानी, ध्यानी, धीर,
इतने दानी, मानी, वीर,
इतने अधिक गुणी गंभीर,
कौन देश कर सका प्रदान?
जिए हमारा हिंदुस्तान।

चीन देश की अद्भुत ओट,
कब सह सकी काल की चोट?
किंतु हिमालय का वह कोट—
तान रहा है व्योम-वितान,
जिए हमारा हिंदुस्तान।

मेटी हमने भव की भ्रांति,
दी सुख-शांति, विश्व-विश्रांति।
जाकर कहीं नहीं की क्रांति,
प्राप्त हमीं को है यह मान,
जिए हमारा हिंदुस्तान।

ऐसा देश कौन है और?
ऐसा जाति कहाँ, किस ठौर?
रहे, रहेंगे हम सिरमौर;

हमको है निज कुल की आन,
जिए हमारा हिंदुस्तान।

उठो बंधुगण, करो विवेक,
जैसे हो, हो जाओ एक।
रखो हिंदूपन की टेक,
हो चाहे जितना बलिदान,
जिए हमारा हिंदुस्तान।

□

हरिः ओम्

हरिः ओम्, हरिः ओम्,
हरिः ओम्, हरिः ओम्,
जियो अमृतपुत्र, जियो,
पिओ प्रेम–सोम।

एक पुण्यभूमि, एक मातृभूमि,
हरित भरित भरतभूमि भ्रातृभूमि,
हम सब हिंदू, हम सब आर्य
हुए यहीं अवतार हमारे,
हुए यहीं आचार्य;
यही हमारी धर्मभूमि है,
भवविस्तारिक कर्मभूमि है,

हम सब हैं अविभक्त,
भरा है हम सबमें ऋषि–रक्त
उड़े ओम् का झंडा एक,
जुड़ें जहाँ हम सब सविवेक,

उठे एक गान
और गूँज उठे व्योम,
हरिः ओम्, हरिः ओम्,

हरिः ओम्, ओम्।
करो सानुराग आत्मयाग
—हृदय होम,
बढ़े सूर्य-तेज, बढ़े सोम
—यशस्तोम।

एक मनः प्राण, एक सत्य पक्ष,
एक उक्ति, एक मुक्ति, एक लक्ष,
हम सब हिंदू, हम सब आर्य—
और विश्व को आर्य बना लें

यही हमारा कार्य;
एक हमारा मिलनमंत्र हो,
एक यंत्र हो, एक तंत्र हो,
एक हमारा भाव।

एक मत और एक प्रस्ताव,
पावें अखिल इष्ट हम लोग,
पाते हैं ज्यों सुर मख-भोग।

पुलक उठे राष्ट्र हेतु
—सजग रोम-रोम,
हरिः ओम्, हरिः ओम्,
हरिः ओम्, हरिः ओम्।

□

मैथिलीशरण गुप्त : परिचय

आधुनिक हिंदी साहित्य के शलाका पुरुष और गांधीजी द्वारा राष्ट्रकवि की उपाधि से अलंकृत राष्ट्रकवि मैथिलीशरण गुप्त का जन्म झाँसी के चिरगाँव में श्रावण शुक्ल हरितालिका तीज के शुभ दिन मंगलवार, 3 अगस्त, 1886 को कविहृदय रामभक्त नहुष नाटक के प्रणेता सेठ रामचरण दास गुप्त कनकने तथा धर्मपरायणा काशीबाई के परिवार में हुआ था। पिता सखी भाव के भक्त और इष्ट देवी सीता के उपासक थे। उन्होंने 'कनकलता' कवि-नाम से कविताएँ लिखी थीं तथा 'रहस्य रामायण' लिखना प्रारंभ किया था, जिसे वे अपने जीवनकाल में पूर्ण न कर सके। बाल्यकाल से ही सनातनी संस्कार में दीक्षित होने का प्रभाव मैथिलीशरण गुप्त के साहित्य-सृजन में भी देखने को मिलता है। उनकी प्रत्येक काव्य कृति का मंगलाचरण उनके आराध्य प्रभु श्रीराम की स्तुति से हुआ है। उनके आवास में बना प्रभु श्रीराम का भव्य मंदिर उनकी प्रखर भक्ति का परिचायक है, जहाँ वे प्रतिदिन अपने आराध्य को भोग लगाकर ही भोजन ग्रहण करते थे। गुप्तजी प्रारंभिक शिक्षा-दीक्षा चिरगाँव में पूर्ण करने के पश्चात् झाँसी के मेक्डॉनल स्कूल में पढ़ने गए। वहाँ उन्होंने अंग्रेजी के साथ उर्दू भी पढ़ी, किंतु रामलीला-रासलीला देखने और अभिनय करने की उनकी प्रवृत्ति के चलते पिता द्वारा उन्हें बीच में ही चिरगाँव बुला लिया गया। तत्पश्चात् घर पर रहकर उन्होंने बँगला सीखी, किंतु पिता की असमय मृत्यु से अध्ययन का सिलसिला टूट गया। इस आघात के बावजूद उन्होंने स्वाध्याय द्वारा प्राचीन एवं मध्ययुगीन हिंदी तथा संस्कृत के इतिहास-पुराण एवं रीतिग्रंथों बँगला लेखकों और कवियों का अध्ययन किया। गुप्तजी की दो पत्नियों के असमय निधन के पश्चात् चाचा द्वारा दबाव डालने पर

उन्होंने तीसरा विवाह सरयू देवी से किया, जिनसे नौ संतानें हुईं, किंतु अंतिम उर्मिलाचरण ही जीवित रह सके। इस प्रकार गुप्तजी को प्रियजन से बिछोह का शोक संताप बार-बार सहना पड़ा। पिता की मृत्यु के बाद घर की आर्थिक स्थिति भी बहुत अच्छी नहीं रही, जिसमें सुधार के लिए उन्होंने अनवरत संघर्ष और परिश्रम किया, किंतु साहित्य-साधना भी अनवरत जारी राखी।

बाल्यकाल में उन्होंने 'स्वर्णलता' के नाम से अपने आराध्य सीताराम के प्रति प्रणति व्यक्त करते हुए एक छप्पय रचकर उनकी काव्य-पुस्तिका में रख दिया था और पता चलने पर पिता ने उन्हें उच्च कोटि के कवित्व और यश के लिए आशीर्वाद दिया था, उनके पिता का यह आशीर्वाद कालांतर में फलित हुआ। मुंशी अजमेरी जैसे सुकवि एवं मधुर गायन के लिए प्रसिद्ध संगीतज्ञ की मित्रता ने भी उनमें कवित्व के रंग भरे।

गुप्तजी ने प्रारंभ में 'रसिकेश' और 'रसिकेंद्र' नाम से व्रजभाषा में काव्य-रचना की तथा 'मधुप' नाम से अनुवाद कार्य किया। प्रारंभ में 'वैश्योपकारक' नामक जातीय पत्रिका में उनकी रचनाएँ प्रकाशित होती थीं। उन्होंने कालांतर में 'भारतीय' और 'नित्यानंद' नाम से अंग्रेज सरकार के विरुद्ध कविताएँ लिखीं। 'सरस्वती' में सर्वप्रथम 'हेमंत' शीर्षक कविता आचार्य महावीर प्रसाद द्विवेदी द्वारा संशोधित होकर प्रकाशित हुई। द्विवेदीजी के संशोधन से प्रभावित होकर गुप्तजी ने उन्हें अपना काव्य-गुरु स्वीकार किया और उनके निर्देश का पालन करते हुए व्रजभाषा तथा पूर्व प्रयुक्त अपने सभी उपनामों का परित्याग कर खड़ी बोली में लिखना प्रारंभ किया और खड़ी बोली कविता को उत्कर्ष प्रदान करने में महती भूमिका निभाई। विश्वकवि रवींद्र-लिखित 'काव्येर उपेक्षिता' के आधार पर हिंदी में द्विवेदीजी द्वारा निर्दिष्ट 'कवियों की उर्मिलाविषयक उदासीनता' के प्रतिकार के लिए प्रत्यक्षतः पहले-पहल गुप्तजी ने ही 'साकेत' और फिर 'यशोधरा' जैसी कृतियों के प्रणयन द्वारा समाज-सुधार के कार्यक्रमों के समानांतर ही साहित्य-क्षेत्र के उपेक्षित-अनादृत पात्रों के उद्धार और समादर का साहित्यिक उपक्रम किया।

'भारत-भारती' जैसी कृति की मातृभूमि के प्रति प्रेम-संबंधी कविताओं ने

परतंत्र भारत में स्वतंत्रता के दीवानों पर जादुई प्रभाव डाला था और भारत-भारती की पंक्तियाँ को गुनगुनाते हुए लोग हँस-हँसकर जेल जाने लगे थे। राष्ट्रीय आंदोलनों के प्रति समर्पित स्वयं गुप्तजी को भी जेल जाना पड़ा था। उस समय महात्मा गांधी ने 'खत्री जगत' पत्रिका के अक्तूबर, 1949 अंक में गुप्तजी की भूरि-भूरि प्रशंसा करते हुए लिखा था—"वे सुप्रसिद्ध कवि तो हैं, लेकिन कविता आज उनकी कलम से नहीं निकलती है, वरन् उनके सूत के तारों से निकलती है।" वस्तुतः गुप्तजी के काव्य में संपूर्ण राष्ट्र की आत्मा और आकांक्षाओं की अभिव्यक्ति प्रदर्शित हुई है। सन् 1936 में गुप्तजी के 50वें जन्मदिवस के अवसर पर आयोजित समारोह में महात्मा गांधी ने गुप्तजी को 'राष्ट्रकवि' की उपाधि से अलंकृत किया था। गुप्तजी को 'साकेत' के लिए सन् 1937 में मंगला प्रसाद पारितोषिक से सम्मानित किया गया था। स्वतंत्रता-प्राप्ति के पश्चात् राष्ट्रपति डॉ. राजेंद्र प्रसाद ने सन् 1952 में उन्हें राज्यसभा का सदस्य मनोनीत किया था, जिस पर वे मृत्युपर्यंत रहे तथा भारत सरकार ने उन्हें 'पद्म भूषण' से अलंकृत किया था। काशी हिंदू विश्वविद्यालय, वाराणसी ने उन्हें डॉक्टरेट की मानद उपाधि से अलंकृत किया था। साहित्य-जगत् में वे 'दद्दा' के नाम से विख्यात रहे हैं। गुप्तजी की जयंती अर्थात् 3 अगस्त को प्रतिवर्ष कृतज्ञ राष्ट्र 'कवि दिवस' के रूप में मनाता है।

मौलिक कृतियाँ : 'रंग में भंग' (सन् 1909); 'जयद्रथ वध' (सन् 1910); 'पत्र प्रबंध' (सन् 1912); 'भारत-भारती' (सन् 1912); 'शकुंतला' (सन् 1914); 'तिलोत्तमा' (सन् 1915); 'चंद्रहास' (सन् 1916), 'वैतालिक' (सन् 1916), 'पत्रावली' (सन् 1916), 'किसान' (सन् 1916), 'अनघ' (सन् 1925), 'पंचवटी' (सन् 1925), 'स्वदेश-संगीत' (सन् 1925); 'त्रिपथगा' (सन् 1927), 'सैरंध्री' (सन् 1927), 'वक्र-संहार' (सन् 1927), 'वन-वैभव' (सन् 1927); 'विकट भट' (सन् 1928); 'गुरुकुल' (सन् 1928); 'झंकार' (सन् 1929); 'साकेत' (सन् 1931); 'यशोधरा' (सन् 1932); 'सिद्धराज' (सन् 1936); 'द्वापर' (सन् 1936); 'मंगल घट' (सन् 1937); 'आस्वाद' (सन् 1938); 'नहुष' (सन् 1940); 'कुणाल-गीत' (सन् 1941)

'अर्जन और विसर्जन' (सन् 1942), 'विश्व-वेदना' (सन् 1942), 'काबा और कर्बला' (सन् 1942); 'अजित' (सन् 1946); 'हिडिंबा' (सन् 1950), 'प्रदक्षिणा' (सन् 1950), 'युद्ध, अंजलि और अयं' (सन् 1950), 'पृथिवी-पुत्र' (दिवोदासजयिनी पृथिवीपुत्र) (सन् 1950); 'जय भारत' (सन् 1952); 'भूमि भाग' (सन् 1953), 'कविश्री' (सन् 1955); 'राजा-प्रजा' (सन् 1956); विष्णुप्रिया' (सन् 1957)।

अनूदित कृतियाँ : 'विरहिणी ब्रजांगना' (बँगला : माइकेल मधुसूदन दत्त) (सन् 1914); 'पलासी का युद्ध' (बँगला नवीनचंद्र सेन) (सन् 1914); 'स्वप्नवासवदत्ता' (संस्कृत भास) सं. (सन् 1914); 'गीतामृत' (संस्कृतः व्यास) (सन् 1915); 'वीरांगना' (बँगला : माइकेल मधुसूदन दत्त) (सन् 1927); 'मेघनाद-वध' (बँगला : माइकेल मधुसूदन दत्त) (सन् 1929); 'रूबाइयत उमर खय्याम' (फारसी अंग्रेजी अनुवाद के आधार पर) (सन् 1931); 'गृहस्थ गीता' (हिंदी गद्य : श्रीप्रकाशजी के गद्य-लेखों का पद्य रूपांतर); दूत-घटोत्कच (संस्कृतः भास) (सन् 1935)।

राष्ट्रकवि ने 12 दिसंबर, 1964 को झाँसी के चिरगाँव स्थित अपने पैतृक निवासस्थान पर अंतिम साँस ली। इससे पूर्व 7 दिसंबर को डॉ. नगेंद्र की पुस्तक 'रस सिद्धांत' के विमोचन के दौरान ही उन्हें मृत्यु का पूर्वाभास हो गया था और उन्होंने तत्काल चिरगाँव जाने की इच्छा प्रकट की। यहाँ आकर वे ओरछा के अपने आराध्य प्रभु राम राजा सरकार के दर्शन करना चाहते थे, किंतु उनकी यह इच्छा पूर्ण न हो सकी। मृत्यु से पूर्व उन्होंने जो पंक्तियाँ अपने पैड पर लिखी थीं, उनमें उन्हें मृत्यु का पूर्वाभास हो गया था। उन्होंने लिखा था—

प्राण न पागल हो तुम यों, पृथ्वी पर है प्रेम कहाँ!
मोहमयी छलना भर है, भटको न अहो तुम और यहाँ।
ऊपर को निरखो अब तो, अब मिलता है चिर मेल वहाँ।
स्वर्ग वहीं, अपवर्ग वहीं, सुख सर्ग वहीं, निज वर्ग जहाँ।

प्रस्तुति : **प्रो. पुनीत बिसारिया**

□□□